CW00820191

COLLECTION FOLIO

Marguerite de Valois

Mémoires
1569–1577

(extraits)

ÉDITION ÉTABLIE ET PRÉSENTÉE
PAR MARTINE REID

Gallimard

Femmes de lettres

La version modernisée du texte de Marguerite de Valois est reproduite avec l'aimable autorisation de Mme Éliane Viennot. Elle a été publiée dans *Mémoires et autres écrits, 1574-1614* (Honoré Champion, 1999) et dans *Mémoires et discours* (Publications de l'Université de Saint-Étienne, 2004).

PRÉSENTATION

Tout le monde se souvient de Margot, jeune princesse mariée sans entrain à son cousin Henri de Navarre, futur Henri IV, follement amoureuse de La Mole, un beau gentilhomme qui perd la vie pour avoir comploté contre le roi, et ne refusant pas ses faveurs à son frère bien-aimé, François, duc d'Alençon. La reine imaginée par Alexandre Dumas a assuré à la dernière des Valois, née en 1553, une renommée considérable jusqu'à aujourd'hui. Publié en 1845, *La Reine Margot* a connu de très nombreuses éditions et plusieurs adaptations cinématographiques ; la plus récente, celle de Patrice Chéreau (1994), réussit bien à restituer le climat singulier de la fin du XVIᵉ siècle : un niveau de raffinement jamais égalé jusqu'alors — renaissance des arts et de la pensée commencée sous François Iᵉʳ — sur fond de violence continue et de brutalité sans nom.

La « Reine Margot » de Dumas, tête folle et cœur passionné, n'a pas grand-chose à voir pourtant avec la véritable Marguerite, sixième enfant de Catherine de Médicis et d'Henri II. Elle n'a jamais été désignée ainsi (seul son frère Charles l'appelle Margot) et la liste de ses amants est bien moins longue que ne se plaît à l'établir, de son vivant déjà, une opposition huguenote qui ne désarme pas et n'hésite pas à l'accuser d'inceste.

Pour lire correctement les quelques extraits des *Mémoires* qui vont suivre, il convient d'oublier Dumas et de comprendre en termes moins romanesques le destin d'une princesse de France à une époque particulièrement troublée. Les frères de Marguerite, François II, Charles IX puis Henri III, se succèdent sur le trône en peu d'années et ne laissent pas d'héritier légitime. Fragilisé, le pouvoir de la famille régnante est régulièrement défié par de puissantes factions. La trahison est partout et le meurtre généreusement pratiqué : Henri III mourra assassiné comme son successeur, Henri de Navarre, et de même de nombreux aristocrates et grands seigneurs. Si le système féodal brille alors de ses derniers feux, il se trouve, grâce aux querelles religieuses, de nouvelles occasions de raviver par la guerre son influence en province. Pour des raisons qui regardent davantage d'éphémères alliances que des questions d'ordre théologique, catholiques et huguenots ne cessent de concevoir des traités à grand renfort d'ambassadeurs et d'émissaires, de les ratifier non sans peine, puis de les défaire en un tournemain.

Sur cet échiquier politique sans cesse reconfiguré, Marguerite de Valois, dont les contemporains vantent unanimement la grande beauté et l'érudition exceptionnelle, n'est elle-même, longtemps, qu'un pion. Dès son plus jeune âge, il est question de son mariage et des appuis qu'il va permettre d'obtenir. Divers noms, on va le voir, ont circulé avant que son mariage avec Henri de Navarre ne soit arrêté : Charles IX souhaite faire un geste en faveur des huguenots et le fils de Jeanne d'Albret, nièce de François Ier, appartient à la religion réformée. Pourtant, à la suite d'un attentat contre Coligny durant les fêtes célébrant le mariage de sa sœur, le roi accepte l'élimination des chefs huguenots. Véritable crime d'État, la Saint-Barthélemy gagne bientôt toute la ville, enfiévrée par les catholiques les plus intransigeants. Les huguenots sont sauvagement assassinés dans la nuit du 23 au 24 août 1572. Le mari de Marguerite est sauvé à la condition de se convertir sans plus attendre au catholicisme, ce qu'il fait derechef.

La suite, pour Marguerite, diffère peu de ce début particulièrement sombre. Charles IX meurt et son frère Henri lui succède. Son mari prend la fuite et, soupçonnée de complicité, Marguerite est emprisonnée au Louvre. Sur ordre d'Henri III, elle est ensuite envoyée comme émissaire de la couronne de France dans les provinces du sud des Pays-Bas occupées par l'Espagne et dont François d'Alençon cherche à devenir le souverain. Quand elle obtient enfin l'autorisation de rejoindre son mari en Gascogne, Marguerite de Valois tente d'y défendre les intérêts du roi auprès d'un homme qui est redevenu huguenot et qui a ainsi consolidé son ascendant sur les notables locaux. Installée à la cour de Nérac, elle est traitée avec méfiance par l'entourage de son mari, avec dédain par ce dernier qui a de nombreuses maîtresses. Marguerite se voit disputée par sa famille et par son mari sans réussir à se concilier les grâces des deux partis, farouchement opposés. En 1585, alors que le roi de Navarre a été excommunié, elle le quitte mais elle est arrêtée sur l'ordre d'Henri III et emprisonnée dans la forteresse d'Usson où elle passera une vingtaine d'années. Bientôt libre de ses mouvements, elle se trouve dans une situation personnelle inédite pour une princesse de son rang : contre Navarre, elle paraît mener l'opposition catholique en Auvergne ; les Valois l'accusent de trahison et d'inconduite (il est vrai que certains de ses galants se sont vantés d'avoir reçu ses faveurs) ; l'argent manque cruellement.

À Usson, Marguerite réussit pourtant à rétablir en partie sa situation. Elle opte pour la neutralité politique et accepte en 1593 le projet de « démariage » que lui propose Henri de Navarre, projet qui n'aboutira qu'à la fin du siècle. Elle réussit à constituer autour d'elle un cercle de savants et de lettrés qui partagent ses goûts en matière littéraire et son penchant pour le néo-platonisme. Elle soutient avec brio des joutes d'éloquence, s'instruit, prie et écrit. Sa maison s'est peu à peu muée en

« nouveau Parnasse », selon un poète de l'époque, elle-même est devenue « un phare éminent au havre de tranquillité, qui semble appeler à soi ce peu de personnes qui suivent les Muses ». Tous célèbrent l'esprit et l'érudition de cette reine sans royaume dont la réputation dépasse de beaucoup le château auvergnat : elle figure dans *L'Astrée* d'Honoré d'Urfé sous les traits de Galatée et dans *Peines d'amours perdues* de Shakespeare sous les traits de la Princesse de France. À nouveau catholique, Henri obtient l'annulation de son mariage et, devenu roi de France sous le nom d'Henri IV, épouse Marie de Médicis dont il aura un fils, Louis XIII.

Pendant son long séjour à Usson, vraisemblablement au début de l'année 1594, Marguerite de Valois commence la rédaction de ses *Mémoires*. Le genre est alors à peu près inconnu, et les femmes, qu'elles soient ou non princesses, sont rares à donner à leurs écrits quelque publicité, ainsi que l'ont fait Louise Labé ou Marguerite de Navarre (Marguerite de Valois est sa petite-nièce). Au départ, la reine, alors âgée de quarante ans, entend répondre à Brantôme qui lui a consacré le *Discours sur la reine de France et de Navarre* destiné à prendre place dans le *Recueil des dames*. Pour flatteur qu'il soit, le discours de l'homme de lettres, familier de sa maison, fourmille d'erreurs sur sa propre histoire et c'est d'abord dans la perspective d'une simple rectification de faits historiques qu'elle prend la plume. « J'estime que vous recevrez plaisir d'en avoir les

Mémoires de qui le peut mieux savoir, et de qui a le plus d'intérêt à la vérité de la description de ce sujet », écrit-elle au début de l'ouvrage, s'adressant à Brantôme sans le nommer. Le récit commence en 1560, à l'époque du règne de Charles IX, « au premier point où je me puisse ressouvenir y avoir eu quelque chose remarquable à ma vie ». Rapidement pourtant, Marguerite s'affranchit du simple devoir de rectification des faits. D'une plume alerte qu'arrête seul le souci de son rang, elle se plaît à retracer son mariage et les diverses ambassades dont elle se trouve un temps chargée. Elle témoigne du caractère effroyable de la Saint-Barthélemy à laquelle elle assiste, sans rien y comprendre d'abord, de l'intérieur du Louvre, et de la situation délicate dans laquelle elle se trouve : « Les huguenots me tenaient suspecte parce que j'étais catholique, et les catholiques parce que j'avais épousé le roi de Navarre. » Elle rappelle également de nombreux entretiens avec sa mère qui ne l'aime guère et son frère Henri avec lequel elle entretient des rapports difficiles ; elle ne fait pas mystère non plus des méfaits auxquels se livre à son endroit le favori du roi, Le Guast ; elle parle avec estime de son mari mais regrette l'existence de ses nombreuses maîtresses et la stérilité de leur couple. Il lui arrive de se tromper (les historiens ont rétabli la chronologie des événements racontés), rarement de dissimuler la vérité. Elle tait en revanche sa vie sentimentale — le contraire eût été inimaginable.

Le récit de Marguerite de Valois s'interrompt en 1582, alors qu'il lui reste bien des événements importants à évoquer. Le manuscrit original est perdu ; la copie qui a servi à la première édition compte des feuillets manquants, la suite peut avoir été égarée. Les *Mémoires* n'en constituent pas moins un témoignage précieux, dont les historiens et les romanciers ont largement tiré parti au cours des siècles suivants. Ils représentent un geste unique de la part d'une princesse royale qui, pour la première fois dans l'histoire, s'est muée en narratrice de ce qu'elle a vu et vécu. Marguerite de Valois construit sur l'histoire du temps et sur sa vie personnelle un récit remarquablement maîtrisé. Une vive intelligence s'y fait entendre qui sait observer, juger, mesurer et se remémorer, en esprit soucieux de bien dire et d'emporter l'adhésion.

En dehors d'une généreuse correspondance, l'œuvre de la reine de Navarre compte encore un discours écrit en 1574 pour justifier la conduite de son mari, des poèmes et une étonnante défense des femmes qu'elle fait publier, un an avant sa mort, en réponse aux propos misogynes d'un jésuite. Autant d'indices d'évidentes dispositions à écrire. En toute occasion, la reine raisonne et analyse, fait montre d'érudition et manie avec aisance propos galants et considérations philosophiques.

Le peintre François Clouet a sans doute rendu avec le plus de justesse le regard, déterminé et bienveillant, d'une Marguerite de Valois couverte

de perles et de pierreries, vêtue de robes somp-
tueuses aux formes particulièrement contraignantes.
De cette femme-là, la reine Margot de Dumas
n'est décidément qu'une ombre de fantaisie.

MARTINE REID

Marguerite d'Angoulême
+
Henri II de Navarre

François Ier
+
Claude
de France

Jeanne d'Albret
(1528-1572)
+
Antoine de Bourbon
(1518-1562)

Henri II
(1519-1559)
+
Catherine
de Médicis
(1519-1589)

Henri III de Navarre,
puis Henri IV
(1553-1610)
+
Marie de Médicis,
après son « démariage »
(1599)
d'avec Marguerite de Valois

François II (1544-1560)	Elisabeth de France (1545-1568)	Claude de France (1547-1575)	Charles IX (1550-1574)	Henri III (1551-1589)	Marguerite de Valois (1553-1615)	François, duc d'Alençon (1554-1584)
+	+	+	+	+	+	
Marie Stuart	Philippe II d'Espagne	Charles II, duc de Lorraine	Elisabeth d'Autriche	Louise de Lorraine	Henri de Navarre	

Louis XIII

NOTE SUR LE TEXTE

Le lecteur trouvera ici les pages des *Mémoires* concernant les années 1569 à 1577. Nous remercions Éliane Viennot de nous avoir accordé le droit de les reproduire dans la version modernisée qu'elle en a donné dans *Mémoires et autres écrits, 1574-1614* (Éditions Honoré Champion, 1999), et dans *Mémoires et discours* (Publications de l'université de Saint-Étienne, 2004, p. 53-144) et de nous avoir apporté son aide dans la constitution de cette édition. Les quelques coupes présentes dans le texte signalent des pages manquantes dans le manuscrit.

Par souci de clarté, nous avons fait précéder chaque année d'un bref résumé. Quelques termes de la langue du temps sont définis à leur première occurrence, quelques allusions sont explicitées.

MÉMOIRES

[1569]

Henri (le futur Henri III) convainc Marguerite de servir sa cause auprès de Catherine de Médicis et du roi Charles IX. Elle joue avec empressement les intermédiaires et se rapproche un moment de sa mère. Les choses se gâtent à l'arrivée de Louis Bérenger, seigneur du Guast, favori d'Henri. Le courtisan n'a de cesse de brouiller le frère et la sœur. Il accuse notamment cette dernière de souhaiter un mariage avec Henri de Guise, appartenant à une puissante famille catholique, peu favorable aux huguenots. La confiance que Catherine avait manifestée à l'égard de sa fille tourne court, Marguerite tombe malade. La cour a appris la victoire des forces catholiques à Moncontour, dans la Vienne, le 3 octobre ; elle se déplace ensuite pour assister au siège de Saint-Jean-d'Angély, en Charente-Maritime, qui débute le 16 octobre.

Au règne du magnanime roi Charles mon frère, quelques années après le retour du grand voyage[1], les huguenots ayant recommencé la guerre, le roi et la reine ma mère étant à Paris, un gentilhomme de mon frère d'Anjou, qui depuis a été roi de France, arriva de sa part pour les avertir qu'il avait réduit l'armée des huguenots à telle extrémité qu'il espérait qu'ils seraient contraints venir dans peu de jours à la bataille ; et qu'il les suppliait, avant cela, qu'il eût cet honneur de les voir pour leur rendre compte de sa charge, afin que, si la Fortune, envieuse de sa gloire (qu'en si jeune âge il avait acquise), voulait en cette désirée journée, après avoir fait un bon service au roi et à sa religion et à cet État, joindre le triomphe de sa victoire à celui de ses funérailles, il partît de ce monde avec moins de regret, les ayant laissés tous deux satisfaits en la charge qu'ils lui avaient fait l'honneur de lui commettre ; de quoi il s'estimerait plus glorieux que de deux trophées qu'il avait acquis par ses deux premières victoires. Si ces paroles touchè-rent au cœur d'une si bonne mère, qui ne vivait que pour ses enfants, abandonnant à toute heure sa vie pour conserver la leur et leur État, et qui sur tous chérissait cettui-là, vous le pouvez juger.

Soudain elle se résolut de partir avec le roi, le

1. Entre 1564 et 1566, la cour avait fait, en grande pompe, le tour du royaume afin de s'assurer le soutien des nobles et de renforcer sa popularité.

menant avec elle, et des femmes la petite troupe accoutumée, Madame de Retz, Madame de Sauve[1] et moi. Étant portée des ailes du désir et de l'affection maternelle, elle fit le chemin de Paris à Tours en trois jours et demi, qui ne fut sans incommodité et beaucoup d'accidents dignes de risée, pour y être le pauvre Monsieur le cardinal de Bourbon, qui ne l'abandonnait jamais, qui toutefois n'était de taille, d'humeur ni de complexion pour telles corvées. Arrivant au Plessis-lès-Tours, mon frère d'Anjou s'y trouva avec les principaux chefs de son armée, qui étaient la fleur des princes et seigneurs de France, en la présence desquels il fit une harangue au roi, pour lui rendre raison de tout le maniement de sa charge depuis qu'il était parti de la Cour, faite avec tant d'art et d'éloquence, et dite avec tant de grâce qu'il se fit admirer de tous les assistants — et d'autant plus que sa grande jeunesse relevait et faisait davantage paraître la prudence de ses paroles (plus convenables à une barbe grise et à un vieux capitaine qu'à une adolescence de seize ans, à laquelle les lauriers de deux batailles gagnées lui ceignaient déjà le front), et que la beauté, qui rend toutes actions agréables, florissait tellement en lui qu'il semblait qu'elle fît à l'envi avec sa bonne fortune [pour voir] laquelle des deux le rendrait plus glorieux.

1. Charlotte de Beaune, dame d'honneur de la reine Catherine de Médicis.

Ce qu'en ressentait ma mère, qui l'aimait uniquement, ne se peut représenter par paroles, non plus que le deuil du père d'Iphigénie[1] ; et à toute autre qu'à elle, de l'âme de laquelle la prudence ne désempara jamais, l'on eût aisément connu le transport qu'une si excessive joie lui causait. Mais elle, modérant ses actions comme elle voulait, montrant apparemment que *le discret ne fait rien qu'il ne veuille faire*, sans s'amuser à publier sa joie et pousser ses louanges dehors (qu'une action si belle d'un fils si parfait et chéri méritait), elle prit seulement les points de sa harangue qui concernaient les faits de la guerre, pour en faire délibérer aux princes et seigneurs là présents, et y prendre une bonne résolution, et pourvoir aux choses nécessaires pour la continuation de cette guerre — à la disposition de quoi il fut nécessaire passer quelques jours en ce lieu. Un desquels, la reine ma mère se promenant dans le parc avec quelques princes, mon frère d'Anjou me pria que nous nous promenassions en une allée à part, où étant il me parla ainsi :

« Ma sœur, la nourriture que nous avons prise ensemble ne nous oblige moins à nous aimer que la proximité. Aussi avez-vous pu connaître qu'entre tous ceux que nous sommes de frères, j'ai toujours eu plus d'inclination de vous vouloir du bien qu'à

---

1. Pline raconte comment un peintre, incapable de représenter la douleur d'Agamemnon à la suite du sacrifice d'Iphigénie, le figura la tête couverte d'un voile.

tout autre ; et ai reconnu aussi que votre naturel vous portait à me rendre même amitié. Nous avons été jusques ici naturellement guidés à cela sans aucun dessein, et sans que telle union nous apportât aucune utilité que le seul plaisir que nous avions de converser ensemble. Cela a été bon pour notre enfance ; mais à cette heure il n'est plus temps de vivre en enfance. Vous voyez les grandes et belles charges où Dieu m'a appelé, et où la reine notre bonne mère m'a élevé. Vous devez croire que, vous étant la chose du monde que j'aime et chéris le plus, que je n'aurai jamais grandeurs ni biens à quoi vous ne participiez. Je vous reconnais assez d'esprit et de jugement pour me pouvoir beaucoup servir auprès de la reine ma mère, pour me maintenir en la fortune où je suis. Or mon principal appui est d'être conservé en sa bonne grâce. Je crains que l'absence m'y nuise, et toutefois la guerre et la charge que j'ai me contraignent d'en être presque toujours éloigné. Cependant, le roi mon frère est toujours auprès d'elle, la flatte, et lui complaît en tout : je crains qu'à la longue cela me porte préjudice, et que le roi mon frère devenant grand, étant courageux comme il est, ne s'amuse [pas] toujours à la chasse, mais devenant ambitieux, veuille changer celle des bêtes à celle des hommes, m'ôtant la charge de lieutenant de roi qu'il m'a donnée pour aller lui-même aux armées. Ce qui me serait une ruine et déplaisir si grand, qu'avant que recevoir une telle chute j'élirais plutôt une cruelle mort. En cette appréhension, songeant les moyens d'y remédier, je trouve qu'il m'est nécessaire d'avoir quelque personne très fidèle qui tienne mon parti auprès de la reine ma mère. Je n'en connais point de si propre comme vous, que je tiens comme un second moi-même. Vous avez toutes les parties qui s'y peuvent désirer : l'esprit, le jugement, et la fidélité. Pourvu que me vouliez tant obliger que d'y apporter de la sujétion — vous priant d'être toujours à son lever, à son cabinet, et à son coucher, et bref tout le jour —, cela la conviera de se communiquer à vous, avec ce que je lui témoignerai votre capacité, et la consolation et service qu'elle en recevra ; et la supplierai de ne plus vivre avec vous comme [avec] un enfant, mais de s'en servir en mon absence comme de moi. Ce que je m'assure qu'elle fera. Perdez cette timidité, parlez-lui avec assurance comme vous faites à moi, et croyez qu'elle vous aura agréable. Ce vous sera un grand heur et honneur d'être aimée d'elle. Vous ferez beaucoup pour vous ; et pour moi, je tiendrai de vous, après Dieu, la conservation de ma bonne fortune. »

Ce langage me fut fort nouveau, pour avoir jusques alors vécu sans dessein, ne pensant qu'à danser ou aller à la chasse, n'ayant même la curiosité de m'habiller ni de paraître belle, pour n'être encore en l'âge de telle ambition, et avoir été nourrie avec telle crainte auprès de la reine ma mère que, non seulement je ne lui osais parler, mais quand elle me regardait je transissais, de peur d'avoir fait chose qui lui déplût. Peu s'en fallut que je ne lui répondisse, comme Moïse à Dieu en la vision du buisson[1] : « Que suis-je, moi ? Envoie celui que tu dois envoyer. » Toutefois, trouvant en moi ce que je ne pensais qui y fût (des puissances excitées par l'objet de ses paroles, qui auparavant m'étaient inconnues, bien que [je fusse] née avec assez de courage en moi), revenue de ce premier étonnement, ces paroles me plurent ; et me semblait à l'instant que j'étais transformée, et que j'étais devenue quelque chose de plus que je n'avais été jusques alors. Je commençai à prendre confiance de moi-même, et lui dis : « Mon frère, si Dieu me donne la capacité et l'hardiesse de parler à la reine ma mère, comme j'ai la volonté de vous servir en ce que désirez de moi, ne doutez point que vous n'en retiriez l'utilité et le contentement que vous vous en êtes proposé. Pour la sujétion, je la lui rendrai telle, que vous connaîtrez que je préfère votre bien à tous les plaisirs du monde. Vous avez raison de vous assurer de moi, car rien au monde ne vous honore et aime tant que moi. Faites-en état, et qu'étant auprès de la reine ma mère vous y serez vous-même, et que je n'y serai que pour vous. »

Je proférai ces paroles trop mieux du cœur que

1. Exode, chap. III, verset 11 (Dieu appelle Moïse à faire sortir sa tribu d'Égypte : « Qui suis-je, pour aller vers Pharaon et pour faire sortir d'Égypte les fils d'Israël ? » répond-il).

de la bouche, ainsi que les effets[1] le témoignèrent ; car étant parties de là, la reine ma mère m'appela à son cabinet et me dit : « Votre frère m'a dit les discours que vous aviez eus ensemble. Il ne vous tient pour enfant, aussi ne le veux-je plus faire : ce me sera un grand plaisir de vous parler comme à votre frère. Rendez-vous sujette auprès de moi, et ne craignez point de me parler librement, car je le veux ainsi. » Ces paroles firent ressentir à mon âme ce qu'elle n'avait jamais ressenti : un contentement si démesuré, qu'il me semblait que tous les plaisirs que j'avais eus jusques alors n'étaient que l'ombre de ce bien. Regardant au passé d'un œil dédaigneux les exercices de mon enfance, la danse, la chasse, et les compagnies de mon âge, les méprisant comme choses trop folles et trop vaines, j'obéis à cet agréable commandement, ne manquant un seul jour d'être des premières à son lever et des dernières à son coucher. Elle me faisait cet honneur de me parler quelquefois deux ou trois heures, et Dieu me faisait cette grâce qu'elle restait si satisfaite de moi, qu'elle ne s'en pouvait assez louer à ses femmes. Je lui parlais toujours de mon frère, et le tenais, lui, averti de tout ce qui se passait avec tant de fidélité que je ne respirais autre chose que sa volonté.

Je fus en cette heureuse condition quelque temps auprès de la reine ma mère, durant lequel la bataille

1. Traverser : s'opposer.

de Moncontour se bailla, avec la nouvelle de laquelle mon frère d'Anjou, qui ne tendait qu'à être toujours près de la reine ma mère, lui manda qu'il s'en allait assiéger Saint-Jean-d'Angély, et que la présence du roi et d'elle serait nécessaire en ce siège-là. Elle, plus désireuse que lui de le voir, se résout soudain de partir, ne menant avec elle que la troupe ordinaire, de laquelle j'étais ; et y allais d'une joie extrêmement grande, sans prévoir le malheur que la Fortune m'y avait préparé. Trop jeune que j'étais, et sans expérience, je n'avais à suspecte cette prospérité ! Et pensant le bien duquel je jouissais permanent, sans me douter d'aucun changement, j'en faisais état assuré ! Mais l'envieuse Fortune, qui ne put supporter la durée d'une si heureuse condition, me préparait autant d'ennui à cette arrivée que je m'y promettais de plaisir, par la fidélité de laquelle je pensais avoir obligé mon frère.

Mais depuis qu'il était parti, il avait proche de lui Le Guast, duquel il était tellement possédé qu'il ne voyait que par ses yeux et ne parlait que par sa bouche. Ce mauvais homme, né pour mal faire, soudain fascina son esprit, le remplit de mille tyranniques maximes : qu'*il ne fallait aimer ni fier qu'à soi-même*, qu'*il ne fallait joindre personne à sa fortune, non pas même ni frère ni sœur*, et autres tels beaux préceptes machiavélistes… Lesquels imprimant en son esprit, et résolvant les pratiquer, soudain que nous fûmes arrivées, après les premières salutations ma mère commença à se louer de moi et lui dire combien fidèlement je l'avais servi auprès d'elle, il lui répondit froidement qu'il était bien aise qu'il lui eût bien réussi, l'en ayant suppliée ; mais que la prudence ne permettait pas que l'on se pût servir de mêmes expédients en tout temps, que *qui était nécessaire à une certaine heure pourrait être nuisible à une autre.* Elle lui demanda pourquoi il disait cela. Sur ce sujet, lui, voyant [venu] le temps de l'invention qu'il avait fabriquée pour me ruiner, lui dit que je devenais belle, et qu'il savait que Monsieur de Guise me voulait rechercher, et que ses oncles aspiraient à me le faire épouser ; que si je venais à y avoir de l'affection, qu'il serait à craindre que je lui découvrisse tout ce qu'elle me dirait ; qu'elle savait l'ambition de cette Maison-là, et combien elle avait toujours traversé[1] la nôtre ; [que] pour cette occasion il serait bon qu'elle ne me parlât plus d'affaires, et que peu à peu elle se retirât de se familiariser avec moi.

Dès le soir même, je reconnus le changement que ce pernicieux conseil avait fait en elle. Et voyant qu'elle craignait de me parler devant mon frère, m'ayant commandé trois ou quatre fois, cependant qu'elle parlait à lui, de m'aller coucher, j'attendis qu'il fût sorti de sa chambre ; puis, m'approchant d'elle, je la suppliai de me dire si, par ignorance, j'avais été si malheureuse d'avoir fait chose qui lui

1. Traverser : s'opposer.

eût déplu. Elle me le voulut du commencement dissimuler. Enfin, elle me dit : « Ma fille, votre frère est sage ; il ne faut pas que lui en sachiez mauvais gré de ce que je vous dirai, qui ne tend qu'à bien. » Et me fit tout ce discours, me commandant que je ne lui parlasse plus devant mon frère. Ces paroles me furent autant de pointes dans le cœur, que les premières, lorsqu'elle me reçut en sa bonne grâce, m'avaient été de joie. Je n'omis rien à lui représenter de mon innocence, que c'était chose de quoi je n'avais jamais ouï parler, et [que] quand il aurait ce dessein, il ne m'en parlerait jamais que soudain je ne l'en avertisse. Mais je n'avançai rien. L'impression des paroles de mon frère lui avait tellement occupé l'esprit qu'il n'y avait plus lieu pour aucune raison ni vérité. Voyant cela, je lui dis que je ressentais moins le mal de la perte de mon bonheur, que j'avais senti le bien de son acquisition ; que mon frère me l'ôtait comme il me l'avait donné, car il me l'avait fait avoir sans mérite, m'avouant lorsque je n'en étais pas digne, et qu'il m'en privait aussi sans l'avoir démérité, sur un sujet imaginaire qui n'avait nul être qu'en la fantaisie ; que je la suppliais de croire que je conserverais immortelle la souvenance du tort que mon frère me faisait. Elle s'en courrouça, me commandant de ne lui en montrer nulle apparence.

Depuis ce jour-là, elle alla toujours me diminuant sa faveur, faisant de son fils son idole, le voulant contenter en cela et en tout ce qu'il désirait d'elle.

Cet ennui me pressant le cœur et possédant toutes les facultés de mon âme, rendant mon corps plus propre à recevoir la contagion du mauvais air qui était lors en l'armée, je tombai à quelques jours de là extrêmement malade d'une grande fièvre continue et du pourpre, maladie qui courait lors et qui avait en même temps emporté les deux premiers médecins du roi et de la reine, Chappelain et Castelan, comme se voulant prendre aux bergers pour avoir meilleur marché du troupeau. Aussi en échappa-t-il fort peu de ceux qui en furent atteints. Moi étant en cette extrémité, la reine ma mère, qui en savait une partie de la cause, n'omettait rien pour me faire secourir, prenant la peine, sans craindre le danger, d'y venir à toute heure, ce qui soulageait bien mon mal ; mais la dissimulation de mon frère me l'augmentait bien autant, qui, après m'avoir fait une si grande trahison et rendu une telle ingratitude, ne bougeait jour et nuit du chevet de mon lit, me servant aussi officieusement que si nous eussions été au temps de notre plus grande amitié. Moi, qui avais par commandement la bouche fermée, ne répondais que par soupirs à son hypocrisie, comme Burrus fit à Néron[1], lequel mourut par le poison que ce tyran lui avait fait donner, lui témoignant assez la principale cause de mon mal n'être que la contagion des mauvais

1. L'épisode est rapporté dans les *Annales* de Tacite (livre XIV, chap. 51).

offices, et non celle de l'air infecté. Dieu eut pitié de moi, et garantit de ce danger ; et après quinze jours passés, l'armée partant, l'on m'emporta dans des brancards, où tous les soirs, arrivant à la couchée, je trouvais le roi Charles, qui prenait la peine, avec tous les honnêtes gens de la Cour, de porter ma litière jusques au chevet de mon lit.

[1570]

Le roi de Portugal, Don Sébastien, neveu de Philippe II, est pressenti comme époux de Marguerite. Celle-ci réitère à la reine sa plus entière soumission à ses desseins. Tandis que les Guises cherchent à marier Henri, le projet échoue.

En cet état, je vins de Saint-Jean-d'Angély à Angers, malade du corps, mais beaucoup plus malade de l'âme, où pour mon malheur je trouvai Monsieur de Guise et ses oncles arrivés ; ce qui réjouit autant mon frère, pour donner couleur à son artifice, que [cela] me donna appréhension de croître ma peine. Lors mon frère, pour mieux ourdir sa trame, venait tous les jours à ma chambre, y menant Monsieur de Guise qu'il feignait d'aimer fort, et pour le lui faire penser, souvent en l'embrassant il lui disait : « Plût à Dieu que tu fusses mon frère ! » — à quoi Monsieur de Guise montrait ne point entendre. Mais moi, qui savais la malice, perdais patience de n'oser lui reprocher sa dissimulation.

Sur ce temps, il se parla pour moi du mariage du roi de Portugal, qui envoya des ambassadeurs pour me demander. La reine ma mère me commanda de me parer pour les recevoir, ce que je fis. Mais mon frère lui ayant fait accroire que je ne voulais point de ce mariage, elle m'en parla le soir, m'en demandant ma volonté, pensant bien en cela trouver un sujet pour se courroucer à moi. Je lui dis que ma volonté n'avait jamais dépendu que de la sienne, que tout ce qui lui serait agréable me le serait aussi. Elle me dit en colère, comme l'on l'y avait disposée, que ce que je disais je ne l'avais point dans le cœur, et qu'elle savait bien que le cardinal de Lorraine m'avait persuadée de vouloir plutôt son neveu. Je la suppliai de venir à l'effet du mariage du roi de Portugal, lors elle verrait mon obéissance. Tous les jours, on lui disait quelque chose de nouveau sur ce sujet, pour l'aigrir contre moi et me tourmenter — inventions de la boutique du Guast. De sorte que je n'avais un jour de repos ; car d'un côté le roi d'Espagne empêchait que mon mariage ne se fît, et de l'autre Monsieur de Guise, étant à la Cour, servait toujours de prétexte pour fournir de sujet à me faire persécuter, bien que lui ni nul de ses parents m'en eût jamais parlé, et qu'il y eût plus d'un an qu'il eût commencé la recherche de la princesse de Porcian. Mais pour ce que ce mariage-là traînait, on en jetait toujours la cause sur ce qu'il aspirait au mien. Ce que voyant, je m'avisai d'écrire à ma sœur Madame de Lorraine, qui pouvait tout en cette Maison-là, pour la prier de faire que Monsieur de Guise s'en allât de la Cour et qu'il épousât promptement la princesse de Porcian sa maîtresse, lui représentant que cette invention avait été faite autant pour la ruine de Monsieur de Guise et de toute sa Maison que pour la mienne. Ce qu'elle reconnut très bien, et vint bientôt à la Cour, où elle fit faire ledit mariage, me délivrant par ce moyen de cette calomnie, et faisant connaître à la reine ma mère la vérité de ce que je lui avais toujours dit, ce qui ferma la bouche à tous mes ennemis et me donna repos. Cependant, le roi d'Espagne, qui ne veut que les siens s'allient hors de sa Maison, rompit tout le mariage du roi de Portugal, et ne s'en parla plus.

[1571]

Un nouveau projet de mariage, cette fois avec Henri de Navarre, fils de Jeanne d'Albret, converti à la religion réformée (« la Religion ») semble enfin mettre tout le monde d'accord. Il s'inscrit dans le cadre d'une politique de réconciliation entre catholiques et huguenots.

Quelques jours après il se parla du mariage du prince de Navarre, qui maintenant est notre brave et magnanime roi, et de moi. La reine ma mère, étant un jour à table, en parla fort longtemps avec Monsieur de Méru, parce que la Maison de Montmorency étaient ceux qui en avaient porté les premières paroles. Sortant de table, il me dit qu'elle lui avait dit de m'en parler. Je lui dis que c'était chose superflue, n'ayant volonté que la sienne, qu'à la vérité je la supplierais d'avoir égard combien j'étais catholique, et qu'il me fâcherait fort d'épouser personne qui ne fût de ma religion. Après, la reine allant en son cabinet m'appela, et me dit que Messieurs de Montmorency lui avaient proposé ce mariage, et qu'elle en voulait bien savoir ma volonté ; à quoi je répondis n'avoir ni volonté ni élection que la sienne, [mais] je la suppliai se souvenir que j'étais fort catholique.

[1572]

Henri de Navarre, sa mère, et quelque huit cents gentilshommes huguenots qui forment leur suite, arrivent à Paris au printemps. Jeanne d'Albret meurt en juin. Le mariage d'Henri, devenu roi de Navarre, avec Marguerite de Valois est célébré les 17 et 18 août en grande pompe. L'attentat contre le maréchal de Coligny, perpé-

*tré par Maurevert, du clan des Guises, suscite un grand
émoi. La famille royale craint la vengeance des huguenots. La Saint-Barthélemy commence dans la nuit du
23 août. Marguerite, qui en ignore tout, assiste, inter-
dite, aux premiers assassinats. Catherine imagine aussitôt
de « démarier » sa fille et lui demande si Navarre a bien
joué auprès d'elle son rôle de mari (dans le cas inverse,
l'annulation du mariage pourrait être plaidée à Rome).*

Au bout de quelque temps, les propos s'en
continuant toujours, la reine de Navarre sa mère
vint à la Cour, où le mariage fut du tout accordé
avant sa mort, à laquelle il se passa un trait si plaisant qu'il mérite, non d'être mis en l'histoire,
mais de ne le passer sous silence entre vous et
moi. Madame de Nevers, de qui vous connaissiez
l'humeur[1], étant venue avec Monsieur le cardinal
de Bourbon, Madame de Guise, Madame la princesse de Condé, ses sœurs et moi au logis de la
feue reine de Navarre à Paris, pour nous acquitter
du dernier devoir dû à sa dignité et à la proximité
que nous lui avions (non avec les pompes et cérémonies de notre religion, mais avec le petit appa-
reil que permettait la huguenoterie, à savoir : elle
dans son lit ordinaire, les rideaux ouverts, sans
lumières, sans prêtres, sans croix et sans eau bénite,

---

1. Marguerite s'adresse à Brantôme, destinataire des *Mémoires*, régulièrement apostrophé dans le texte.

[et nous] nous tenant à cinq ou six pas de son lit avec le reste de la compagnie, la regardant seulement), Madame de Nevers [donc], qu'en son vivant elle avait haïe plus que toutes les personnes du monde (et elle lui ayant bien rendu, et de volonté et de parole, comme vous savez qu'elle en savait bien user à ceux qu'elle hayait[1]), part de notre troupe, et avec plusieurs belles, humbles et grandes révérences, s'approche de son lit, et lui prenant la main la lui baise ; puis, avec une grande révérence pleine de respect, se met auprès de nous. Nous, qui savions leur haine, estimant cela,

[...]

Quelques mois après, ledit prince de Navarre, qui lors s'appelait roi de Navarre, portant le deuil de la reine sa mère, y vint accompagné de bien huit cents gentilshommes tout en deuil, qui fut reçu du roi et de toute la Cour avec beaucoup d'honneur. Et nos noces se firent peu de jours après avec autant de triomphe et magnificence que de nulle autre de ma qualité, le roi de Navarre et sa troupe y ayant laissé et changé le deuil en habits très riches et beaux, et toute la Cour parée comme vous savez, et la saurez trop[2] mieux représenter ; moi habillée à la royale avec la couronne et couette d'hermine mouchetée qui se met au devant du corps, toute brillante de pierreries de la

1. Haïssait.
2. Très.

couronne, et le grand manteau bleu à quatre aunes de queue portée par trois princesses ; les échafauds dressés à la coutume des noces des filles de France, depuis l'évêché jusques à Notre-Dame, et parés de drap d'or ; le peuple s'étouffant en bas à regarder passer sur ces échafauds les noces et toute la Cour... Nous vînmes à la porte de l'église, où Monsieur le cardinal de Bourbon y faisait l'office ce jour-là, où nous ayant reçus pour dire les paroles accoutumées en tel cas, nous passâmes sur le même échafaud jusques à la tribune qui sépare la nef d'avec le chœur, où il se trouva deux degrés[1], l'un pour descendre audit chœur, l'autre pour sortir de la nef hors de l'église. Le roi de Navarre s'en allant par celui de la nef hors de l'église, nous

[…]

La Fortune, qui ne laisse jamais une félicité entière aux humains, changea bientôt cet heureux état de triomphe et de noces en un tout contraire, par cette blessure de l'amiral, qui offensa tellement tous ceux de la Religion, que cela les mit comme en un désespoir. De sorte que l'aîné Pardaillan et quelques autres des chefs des huguenots en parlèrent si haut à la reine ma mère, qu'ils lui firent penser qu'ils avaient quelque mauvaise intention. Par l'avis de Monsieur de Guise et de mon frère le roi de Pologne[2], qui depuis a été roi de France, il fut pris réso-

---

1. Escaliers.
2. Henri d'Anjou ne sera élu roi de Pologne que l'année suivante. Il reviendra en France à la mort de Charles IX.

lution de les prévenir — conseil de quoi le roi Charles ne fut nullement, lequel affectionnait fort Monsieur l'amiral, Monsieur de La Rochefoucauld, Théligny, La Noue, et quelques autres des chefs de la Religion, desquels il se pensait servir en Flandre. Et, à ce que je lui ai depuis ouï dire à lui-même, il y eut beaucoup de peine à l'y faire consentir ; et sans ce qu'on lui fit entendre qu'il y allait de sa vie et de son État, il ne l'eût jamais fait.

Et ayant su l'attentat que Maurevert avait fait à Monsieur l'amiral du coup de pistolet qu'il lui avait tiré par une fenêtre, d'où le pensant tuer il resta seulement blessé à l'épaule, le roi Charles, se doutant bien que ledit Maurevert avait fait ce coup à la suscitation de Monsieur de Guise (pour la vengeance de la mort de feu Monsieur de Guise son père[1], que ledit amiral avait fait tuer de même façon par Poltrot), il en fut en si grande colère contre Monsieur de Guise, qu'il jura qu'il en ferait justice. Et si Monsieur de Guise ne se fût tenu caché tout le jour, le roi l'eût fait prendre. Et la reine ma mère ne se vit jamais plus empêchée[2] qu'à faire entendre audit roi Charles que cela avait été fait pour le bien de son État, à cause de ce que j'ai dit ci-dessus de l'affection qu'il avait à Monsieur l'amiral, à La Noue et à Théligny, desquels il goûtait l'esprit et valeur, étant prince si géné-

1. François de Guise, assassiné en 1563 par un proche de Coligny, Jean Poltrot de Méré.
2. Occupée.

reux qu'il ne s'affectionnait qu'à ceux en qui il reconnaissait telles qualités. Et bien qu'ils eussent été très pernicieux à son État, les renards avaient su si bien feindre qu'ils avaient gagné le cœur de ce brave prince, pour l'espérance de se rendre utiles à l'accroissement de son État, et en lui proposant de belles et glorieuses entreprises en Flandre, seul attrait de cette âme grande et royale. De sorte que, bien que la reine ma mère lui représentât en cet accident que l'assassinat que l'amiral avait fait faire à Monsieur de Guise rendait excusable son fils si, n'ayant pu avoir justice, il en avait voulu prendre même vengeance, qu'aussi l'assassinat qu'avait fait ledit amiral de Charry[1], maître de camp de la garde du roi, personne si valeureuse et qui l'avait si fidèlement assistée durant sa régence et la puérilité dudit roi Charles, le rendait bien digne de tel traitement, [bref,] bien que telles paroles pussent faire juger au roi Charles que la vengeance de la mort dudit Charry n'était pas sortie du cœur de la reine ma mère, son âme passionnée de douleur de la perte des personnes qui, comme j'ai dit, il pensait un jour lui être utiles, occupa tellement son jugement, qu'il ne put modérer ni changer ce passionné désir d'en faire justice, et commanda toujours qu'on cherchât Monsieur de Guise, que l'on le prît, qu'il ne voulait point qu'un tel acte demeurât impuni.

1. Il servait le frère de Coligny et avait été assassiné en 1564 par un serviteur de celui-ci.

Enfin comme Pardaillan découvrit par ses menaces au souper de la reine ma mère la mauvaise intention des huguenots, et que la reine vit que cet accident avait mis les affaires en tels termes que, si l'on ne prévenait leur dessein, la nuit même ils attenteraient contre le roi et elle, elle prit résolution de faire ouvertement entendre audit roi Charles la vérité de tout et le danger où il était, par Monsieur le maréchal de Retz, de qui elle savait qu'il le prendrait mieux que de tout autre, comme celui qui lui était plus confident et plus favorisé de lui. Lequel le vint trouver en son cabinet le soir sur les neuf ou dix heures, et lui dit que, comme son serviteur très fidèle, il ne lui pouvait celer le danger où il était s'il continuait en la résolution qu'il avait de faire justice de Monsieur de Guise : pour ce qu'il fallait qu'il sût que le coup qui avait été fait de l'amiral n'avait point été fait par Monsieur de Guise seul, mais que mon frère le roi de Pologne, depuis roi de France, et la reine ma mère avaient été de la partie ; qu'il savait l'extrême déplaisir que la reine ma mère reçut à l'assassinat de Charry, comme elle en avait très grande raison, ayant lors peu de tels serviteurs qui ne dépendissent que d'elle, étant, comme il savait, du temps de sa puérilité, toute la France partie[1], les catholiques pour Monsieur de Guise, et les huguenots pour le prince de Condé, tendant et les uns et les

1. Divisée.

autres à lui ôter sa couronne, qui ne lui avait été conservée, après Dieu, que par la prudence et vigilance de la reine sa mère, qui en cette extrémité ne s'était trouvée plus fidèlement assistée que dudit Charry ; que dès lors, il savait qu'elle avait juré se venger dudit assassinat ; qu'aussi voyait-il que ledit amiral ne serait jamais que très pernicieux en cet État, et que, quelque apparence qu'il fît de lui avoir de l'affection et vouloir servir Sa Majesté en Flandre, qu'il n'avait autre dessein que de troubler la France ; que son dessein d'elle n'avait été en cet effet que d'ôter cette peste de ce royaume, l'amiral seul, mais que le malheur avait voulu que Maurevert avait failli son coup, et que les huguenots en étaient entrés en tel désespoir que, ne s'en prenant pas seulement à Monsieur de Guise, mais à la reine sa mère et au roi de Pologne son frère, ils croyaient aussi que ledit roi Charles [lui-même] en fût consentant, et avaient résolu de recourir aux armes la nuit même ; de sorte qu'ils voyaient Sa Majesté en un très grand danger, fût ou des catholiques, à cause de Monsieur de Guise, ou des huguenots, pour les raisons susdites.

Le roi Charles, qui était très prudent, et qui avait été toujours très obéissant à la reine ma mère, et prince très catholique, voyant aussi de quoi il y allait, prit soudain résolution de se joindre à la reine sa mère, et se conformer à sa volonté, et garantir sa personne des huguenots par les catholiques, non sans toutefois extrême regret de ne pouvoir sauver

Théligny, La Noue, et Monsieur de La Roche-foucauld. Et lors allant trouver la reine sa mère, envoya quérir Monsieur de Guise et tous les autres princes et capitaines catholiques, où fut pris résolution de faire, la nuit même, le massacre de la Saint-Barthélemy. Où mettant soudain la main à l'œuvre, toutes les chaînes tendues, le tocsin sonnant, chacun courut sus à son quartier, selon l'ordre donné, tant à l'amiral qu'à tous les huguenots. Monsieur de Guise donna au logis de l'amiral, à la chambre duquel Besme, gentilhomme allemand, étant monté, après l'avoir dagué le jeta par les fenêtres à son maître Monsieur de Guise.

Pour moi, l'on ne me disait rien de tout ceci. Je voyais tout le monde en action : les huguenots désespérés de cette blessure, Messieurs de Guise craignant qu'on en voulût faire justice, se chuchetant tous à l'oreille. Les huguenots me tenaient suspecte parce que j'étais catholique, et les catholiques parce que j'avais épousé le roi de Navarre, qui était huguenot. De sorte que personne ne m'en disait rien, jusques au soir qu'étant au coucher de la reine ma mère, assise sur un coffre auprès de ma sœur de Lorraine[1], que je voyais fort triste, la reine ma mère parlant à quelques-uns m'aperçut, et me dit que je m'en allasse coucher. Comme je lui faisais la révérence, ma sœur me prend par le bras et m'arrête, en se prenant fort à pleurer, et

1. Claude, épouse de Charles III de Lorraine.

44

me dit : « Mon Dieu, ma sœur, n'y allez pas » —
ce qui m'effraya extrêmement. La reine ma mère
s'en aperçut, et appela ma sœur, et s'en courrouça
fort à elle, lui défendant de me rien dire. Ma
sœur lui dit qu'il n'y avait point d'apparence[1] de
m'envoyer sacrifier comme cela, et que sans doute,
s'ils découvraient quelque chose, qu'ils se venge-
raient sur moi. La reine ma mère répond que, s'il
plaisait à Dieu, je n'aurais point de mal ; mais
quoi que ce fût il fallait que j'allasse, de peur de
leur faire soupçonner quelque chose qui empêchât
l'effet. Je voyais bien qu'ils [*elles*] se contestaient et
n'entendais pas leurs paroles. Elle me commanda
encore rudement que je m'en allasse coucher. Ma
sœur fondant en larmes me dit bonsoir, sans m'oser
dire autre chose ; et moi je m'en vais, toute transie et perdue, sans me pouvoir imaginer ce que
j'avais à craindre.

Soudain que je fus en mon cabinet, je me mets
à prier Dieu qu'il lui plût me prendre en sa protection, et qu'il me gardât, sans savoir de quoi ni
de qui. Sur cela le roi mon mari, qui s'était mis
au lit, me mande que je m'allasse coucher, ce que
je fis ; et trouvai son lit entouré de trente ou quarante huguenots que je ne connaissais point encore,
car il y avait fort peu de temps que j'étais mariée.
Toute la nuit ils ne firent que parler de l'accident
qui était advenu à Monsieur l'amiral, se résolvant,

1. Raison.

dès qu'il serait jour, de demander justice au roi de Monsieur de Guise, et que si l'on ne la leur faisait, qu'ils se la feraient eux-mêmes. Moi, j'avais toujours dans le cœur les larmes de ma sœur, et ne pouvais dormir pour l'appréhension en laquelle elle m'avait mise sans savoir de quoi. La nuit se passa de cette façon sans fermer l'œil. Au point du jour, le roi mon mari dit qu'il voulait aller jouer à la paume attendant que le roi Charles serait éveillé, se résolvant soudain de lui demander justice. Il sort de ma chambre, et tous ses gentilshommes aussi. Moi, voyant qu'il était jour, estimant que le danger que ma sœur m'avait dit fût passé, vaincue du sommeil, je dis à ma nourrice qu'elle fermât la porte pour pouvoir dormir à mon aise.

Une heure après, comme j'étais plus endormie, voici un homme frappant des pieds et des mains à la porte, criant : « Navarre ! Navarre ! » Ma nourrice, pensant que ce fût le roi mon mari, court vitement à la porte et lui ouvre. Ce fut un gentilhomme nommé Monsieur de Léran, neveu de Monsieur d'Audon, qui avait un coup d'épée dans le coude et un coup d'hallebarde dans le bras, et était encore poursuivi de quatre archers qui entrèrent tous après lui en ma chambre. Lui, se voulant garantir, se jeta sur mon lit. Moi, sentant cet homme qui me tenait, je me jette à la ruelle, et lui après moi, me tenant toujours au travers du corps. Je ne connaissais point cet homme, et ne savais s'il venait là pour m'offenser, ou si les archers en voulaient

46

à lui ou à moi. Nous criions tous deux, et étions aussi effrayés l'un que l'autre. Enfin Dieu voulut que Monsieur de Nançay, capitaine des gardes, y vint, qui me trouvant en cet état-là, encore qu'il y eût de la compassion, il ne se put tenir de rire ; et se courrouçant fort aux archers de cette indiscrétion, il les fit sortir, et me donna la vie de ce pauvre homme qui me tenait, lequel je fis coucher et panser dans mon cabinet jusques à tant qu'il fût du tout guéri. Et changeant de chemise, parce qu'il m'avait toute couverte de sang, Monsieur de Nançay me conta ce qui se passait, et m'assura que le roi mon mari était dans la chambre du roi, et qu'il n'aurait point de mal. Et me faisant jeter un manteau de nuit sur moi, il m'emmena dans la chambre de ma sœur Madame de Lorraine, où j'arrivai plus morte que vive, où entrant dans l'antichambre, de laquelle les portes étaient toutes ouvertes, un gentilhomme nommé Bourse, se sauvant des archers qui le poursuivaient, fut percé d'un coup d'hallebarde à trois pas de moi. Je tombai de l'autre côté presque évanouie entre les bras de Monsieur de Nançay, et pensai que ce coup nous eût percés tous deux. Et étant quelque peu remise, entrant en la petite chambre où couchait ma sœur, comme j'étais là, Monsieur de Miossens, premier gentilhomme du roi mon mari, et Armagnac, son premier valet de chambre, m'y vinrent trouver pour me prier de leur sauver la vie. Je m'allai jeter à genoux devant le roi et la reine

47

ma mère pour les leur demander — ce qu'en fin ils m'accordèrent.

Cinq ou six jours après, ceux qui avaient commencé cette partie, connaissant qu'ils avaient failli à leur principal dessein (n'en voulant point tant aux huguenots qu'aux princes du sang), portaient impatiemment que le roi mon mari et le prince de Condé fussent demeurés, et connaissant qu'étant mon mari, que nul ne voudrait attenter contre lui, ils ourdissent une autre trame : ils vont persuader à la reine ma mère qu'il me fallait démarier. En cette résolution étant allée un jour de fête à son lever, que nous devions faire nos pâques, elle me prend à serment de lui dire vérité, et me demande si le roi mon mari était homme, me disant que si cela n'était, elle aurait moyen de me démarier. Je la suppliai de croire que je ne me connaissais pas en ce qu'elle me demandait. Aussi pouvais-je dire lors à la vérité comme cette Romaine, à qui son mari se courrouçant de ce qu'elle ne l'avait averti qu'il avait l'haleine mauvaise, lui répondit qu'elle croyait que tous les autres hommes l'eussent semblable, ne s'étant jamais approchée d'autre homme que de lui... Mais, quoi que ce fût, puisqu'elle m'y avait mise, j'y voulais demeurer, me doutant bien que ce l'on voulait m'en séparer était pour lui faire un mauvais tour.

[...]

*Henri d'Anjou vient d'être élu roi de Pologne et la
cour l'accompagne jusqu'à la frontière, à Blamont, en
Meurthe-et-Moselle. Charles IX tombe gravement malade.
François d'Alençon pense pouvoir profiter de l'absence
d'Henri pour monter sur le trône. Navarre le seconde dans
ce projet car François est moins intransigeant en matière
de religion que son aîné. Marguerite dénonce à sa mère et
au roi leurs manœuvres avant de passer de leur côté (c'est
la conjuration des « Malcontents »).*

Nous accompagnâmes le roi de Pologne jusques
à Blamont, lequel, quelques mois avant que de
partir de France, s'essaya par tous moyens de me
faire oublier les mauvais offices de son ingratitude, et de remettre notre première amitié en la
même perfection qu'elle avait été à nos premiers
ans, m'y voulant obliger par serment et promesses
en me disant adieu. Sa sortie de France et la maladie du roi Charles, qui commença presque en même
temps, éveilla les esprits des deux partis de ce
royaume, faisant divers projets sur cet État. Les
huguenots, ayant à la mort de l'amiral fait obliger
par écrit signé le roi mon mari et mon frère d'Alençon à la vengeance de cette mort, [et] ayant gagné
avant la Saint-Barthélemy mondit frère sous espérance de l'établir en Flandre, leur persuadant,
comme le roi et la reine ma mère reviendraient

en France, [de] se dérober, passant en Champagne, pour se joindre à certaines troupes qui les devaient venir prendre là, Monsieur de Miossens, gentilhomme catholique qui était auprès du roi mon mari, lequel m'avait de l'obligation de la vie, ayant avis de cette entreprise qui était pernicieuse au roi son maître, m'en avertit pour empêcher ce mauvais effet qui eût apporté tant de maux à eux et à cet État. Soudain, j'allai trouver le roi et la reine ma mère, et leur dis que j'avais chose à leur communiquer qui leur importait fort, et que je ne la leur dirais jamais qu'il ne leur plût me promettre que cela ne porterait aucun préjudice à ceux que je leur nommerais, et qu'ils y remédieraient sans faire semblant de rien savoir. Lors je leur dis que mon frère et le roi mon mari s'en devaient le lendemain aller rendre à des troupes d'huguenots qui les venaient chercher à cause de l'obligation qu'ils avaient faite à la mort de l'amiral, qui était bien excusable pour leur enfance, et que je les suppliais leur pardonner, et, sans leur en montrer nulle apparence, les empêcher de s'en aller. Ce qu'ils m'accordèrent, et fut conduit par telle prudence que, sans qu'ils pussent savoir d'où leur venait cet empêchement, ils n'eurent jamais moyen d'échapper.

En janvier, la cour s'installe à Saint-Germain-en-Laye mais se trouve bientôt forcée de regagner Paris par crainte des huguenots. La colère du roi à l'égard des « Malcontents » conduit à l'arrestation de quelques huguenots et catholiques modérés, et à la condamnation à mort, en avril, de Coconat et de La Mole (qui aurait eu avec Marguerite une brève liaison). Charles IX meurt peu après, ce qui entraîne le retour en France d'Henri, et du fidèle Le Guast. Les malheurs de Marguerite recommencent. Vraisemblablement sur les ordres de la reine Catherine, l'une de ses dames, Charlotte de Sauve, devient la maîtresse de François d'Alençon et d'Henri de Navarre qui néglige ouvertement sa femme. Profitant du déplacement de la cour dans le Midi où elle s'est portée au-devant du futur roi, Le Guast accuse Marguerite d'adultère. Celle-ci essuie la colère de sa mère puis de son mari. Quelques jours plus tard, son innocence est établie ; toutefois, la passion de Navarre pour Mme de Sauve l'éloigne de plus en plus de sa femme.

Cela étant passé, nous arrivâmes à Saint-Germain, où nous fîmes un grand séjour à cause de la maladie du roi ; durant lequel temps, mon frère d'Alençon employait toutes sortes de recherches et moyens pour se rendre agréable à moi, afin que je lui vouasse amitié, comme j'avais fait au roi Charles. Car, jusques alors, pour ce qu'il avait toujours été nourri hors de la Cour, nous ne nous étions pas guère vus, et n'avions pas grande familiarité. Enfin, m'y voyant conviée par tant de submissions et de sujétion et d'affection qu'il me témoignait, je me résolus de l'aimer et embrasser ce qui lui concernerait, mais toutefois avec telle condition que ce serait sans préjudice de ce que je devais au roi Charles mon bon frère, que j'honorais sur toutes choses. Il me continua cette bienveillance, me l'ayant témoignée jusques à sa fin.

Durant ce temps, la maladie du roi Charles augmentant toujours, les huguenots ne cessaient jamais de rechercher des nouvelletés, prétendant encore de retirer mon frère le duc d'Alençon et le roi mon mari de la Cour, ce qui ne vint à ma connaissance comme la première fois. Mais toutefois Dieu permit que La Mole le découvrit à la reine ma mère, si près de l'effet, que les troupes des huguenots devaient arriver ce jour-là auprès de Saint-Germain. Nous fûmes contraints de partir deux heures après minuit, et mettre le roi Charles dans une litière pour gagner Paris, la reine ma mère mettant dans son chariot mon frère et le roi mon mari, qui cette fois-là ne furent traités si doucement que de l'autre. Car le roi s'en alla au bois de Vincennes, d'où il ne leur permit plus de sortir. Et le temps, augmentant toujours l'aigreur de ce mal, produisait toujours nouveaux avis au roi pour accroître la méfiance et mécontentement qu'il avait d'eux ; en quoi les artifices de ceux qui avaient toujours désiré la ruine de notre Maison lui aidaient, que je crois, beaucoup.

Ces défiances passèrent si avant que Messieurs les maréchaux de Montmorency et de Cosse en furent retenus prisonniers au bois de Vincennes, et La Mole et le comte de Coconat en pâtirent de leur vie. Les choses en vinrent à tels termes que l'on députa commissaires de la cour de Parlement pour ouïr mon frère et le roi mon mari, lequel n'ayant lors personne de conseil auprès de lui, me commanda de dresser par écrit ce qu'il aurait à répondre, afin que par ce qu'il dirait, il ne mît ni lui ni personne en peine. Dieu me fit la grâce de le dresser si bien qu'il en demeura satisfait, et les commissaires étonnés de le voir si bien préparé[1]. Et voyant que, par la mort de La Mole et du comte de Coconat, ils se trouvaient chargés en sorte que l'on craignait [pour] leur vie, je résolus, encore que je fusse bien auprès du roi Charles qui n'aimait rien au monde tant que moi, pour leur sauver la vie, de perdre ma fortune, ayant délibéré, comme je sortais et entrais librement en coche sans que les gardes regardassent dedans ni que l'on fît ôter le masque à mes femmes, d'en déguiser l'un d'eux en femme, et le sortir dans ma coche. Et pour ce qu'ils ne pouvaient tous deux ensemble à cause qu'ils

1. La participation d'Henri de Navarre au complot étant désormais établie, il imagine de plaider sa cause auprès de Catherine de Médicis et demande à sa femme de rédiger sa défense, ce qu'elle fait (*Déclaration du roi de Navarre*).

étaient trop éclairés des gardes, et qu'il suffisait qu'il y en eût un dehors pour assurer la vie de l'autre, jamais ils ne se purent accorder lequel c'est qui sortirait, chacun voulant être celui-là, et nul ne voulant demeurer, de sorte que ce dessein ne se put exécuter. Mais Dieu y remédia par un moyen bien misérable pour moi, car il me priva du roi Charles, tout l'appui et support de ma vie, un frère duquel je n'avais reçu que bien, et qui en toutes les persécutions que mon frère d'Anjou me fit à Angers m'avait toujours assistée, et avertie, et conseillée. Bref je perdais en lui tout ce que je pouvais perdre.

Après ce désastre, malheur pour la France et pour moi, nous allâmes à Lyon au devant du roi de Pologne, lequel, possédé encore par Le Guast, rendit de mêmes causes mêmes effets. Et croyant aux avis de ce pernicieux esprit qu'il avait laissé en France pour maintenir son parti, conçut extrême jalousie contre mon frère d'Alençon, ayant pour suspecte et portant[1] impatiemment l'union de lui et du roi mon mari, estimant que j'en fusse le lien et seul moyen qui maintenait leur amitié, et que les plus propres expédients pour les diverser[2] étaient, d'un côté, de me brouiller et mettre en mauvais ménage avec le roi mon mari, et d'autre, de faire que Madame de Sauve, qu'ils servaient tous deux, les ménagerait tous deux de telle façon qu'ils entrassent en extrême jalousie l'un de l'autre. Cet abo-

1. Soutenant.
2. Séparer.

minable dessein, source et origine de tant d'ennuis, de traverses et de maux que mon frère et moi avons depuis soufferts, fut poursuivi avec autant d'animosité, de ruses et d'artifice qu'il avait été pernicieusement inventé.

Quelques-uns tiennent que Dieu a en particulière protection les grands, et qu'aux esprits où il reluit quelque excellence non commune, il leur donne par des bons génies, quelques secrets avertissements des accidents qui leur sont préparés, ou en bien ou en mal, comme à la reine ma mère, que justement l'on peut mettre de ce nombre, il s'en est vu plusieurs exemples. Même la nuit devant la misérable course en lice, elle songea comme elle voyait le feu roi mon père blessé à l'œil, comme il fut ; et étant éveillée, elle le supplia plusieurs fois de ne vouloir point courir ce jour, et vouloir se contenter de voir le plaisir du tournoi, sans en vouloir être. Mais l'inévitable destinée ne permit tant de bien à ce royaume qu'il pût recevoir cet utile conseil. Elle n'a aussi jamais perdu aucun de ses enfants qu'elle n'ait vu une fort grande flamme, à laquelle soudain elle s'écriait : « Dieu garde mes enfants ! » ; et incontinent après, elle entendait la triste nouvelle qui par ce feu lui avait été augurée.

En sa maladie de Metz[1] où, par une fièvre pestilentielle et charbon, elle fut à l'extrémité (qu'elle

1. Marguerite place ici le récit d'un rêve prémonitoire de la reine Catherine qui date de 1569.

avait prise allant visiter les religions[1] de femmes, comme il y en a beaucoup en cette ville-là, lesquelles avaient été depuis peu infectées de cette contagion), de quoi elle fut garantie miraculeusement, Dieu la redonnant à cet État qui en avait encore tant de besoin (par la diligence de Monsieur Castelan son médecin, qui, nouveau Esculape, fit lors une signalée preuve de l'excellence de son art), elle, rêvant (et étant assistée autour de son lit du roi Charles mon frère, et de ma sœur et de mon frère de Lorraine, de plusieurs de Messieurs du conseil et de force dames et princesses, qui, la tenant hors d'espérance, ne l'abandonnaient point), s'écrie, continuant ses rêveries, comme si elle eût vu donner la bataille de Jarnac : « Voyez comme ils fuient ! Mon fils a la victoire ! Hé, mon Dieu, relevez mon fils, il est par terre ! Voyez, voyez, dans cette haie, le prince de Condé mort ! » Tous ceux qui étaient là croyaient qu'elle rêvait et que, sachant que mon frère d'Anjou était en terme de donner la bataille, elle n'eût que cela en tête. Mais la nuit après, Monsieur de Losse lui en apportant la nouvelle comme chose très désirée (en quoi il pensait beaucoup mériter) : « Vous êtes fâcheux, lui dit-elle, de m'avoir éveillée pour cela. Je le savais bien. Ne l'avais-je pas vu devant hier ? » Lors on reconnut que ce n'était point rêverie de la fièvre, mais un avertissement parti-

1. Couvents.

culier que Dieu donne aux personnes illustres et rares. L'Histoire nous en fournit tant d'exemples aux anciens païens, comme le fantôme de Brutus et plusieurs autres, que je ne décrirai — n'étant mon intention d'orner ces Mémoires, ains[1] seulement narrer la vérité, et les avancer promptement, afin que plus tôt vous les receviez.

De ces divins avertissements je ne me veux estimer digne. Toutefois, pour ne me taire comme ingrate des grâces que j'ai eues de Dieu (que je dois et veux confesser toute ma vie pour lui en rendre grâces, et faire que chacun le loue aux merveilles des effets de sa puissance, bonté et miséricorde qu'il lui a plu faire en moi), j'avouerai n'avoir jamais été proche de quelques signalés accidents, ou sinistres ou heureux, que je n'en aie eu quelque avertissement, ou en songe ou autrement. Et puis bien dire ce vers : *De mon bien ou mon mal mon esprit m'est oracle.* Ce que j'éprouvai lors de l'arrivée du roi de Pologne : la reine ma mère étant allée au devant de lui, cependant qu'ils s'embrassaient et faisaient les réciproques bienvenues, bien que ce fût en un temps si chaud qu'en la presse où nous étions on s'étouffait, il me prit un frisson si grand, avec un tremblement si universel, que celui qui m'aidait s'en aperçut. J'eus beaucoup de peine à le cacher, quand, après avoir laissé la reine ma mère, le roi vint à me saluer.

1. Mais.

Cet augure me toucha au cœur. Toutefois il se passa quelques jours sans que le roi découvrit la haine et le mauvais dessein que le malicieux Guast lui avait fait concevoir contre moi par les rapports qu'il lui avait faits : que depuis la mort du roi j'avais tenu le parti de mon frère d'Alençon en son absence, et l'avais fait affectionner au roi mon mari. Parquoi, épiant toujours une occasion pour parvenir à l'intention prédite de rompre l'amitié de mon frère d'Alençon et du roi mon mari, en nous mettant en mauvais ménage le roi mon mari et moi, et les brouillant tous deux sur le sujet de la jalousie de leur commun amour de Madame de Sauve, une après-dînée, la reine ma mère étant entrée en son cabinet pour faire quelques longues dépêches, Madame de Nevers, votre cousine Madame de Retz, aussi votre cousine Bourdeille et Surgères me demandèrent si je me voulais aller promener à la ville. Sur cela Madamoiselle de Montigny, nièce de Madame d'Uzès, nous dit que l'abbaye de Saint-Pierre était une fort belle religion. Nous résolûmes d'y aller. Elle nous pria qu'elle vînt avec nous, parce qu'elle y avait une tante, et que l'entrée n'y est pas libre sinon qu'avec les grandes[1]. Elle y vint. Et comme nous montions en chariot, encore qu'il fût tout plein de nous six et de Madame de Curton ma dame d'honneur (qui allait toujours avec moi) et de Thorigny, Liancourt,

1. Dames de la Cour.

premier écuyer du roi, et Camille s'y trouvèrent, qui se jetèrent sur les portières du chariot. Eux néanmoins, tenant sur les portières comme ils purent, et gaussant, comme ils étaient d'humeur bouffonne, dirent qu'ils voulaient venir voir ces belles religieuses. La compagnie de Madamoiselle de Montigny, qui ne nous était aucunement familière, et d'eux deux qui étaient confidents du roi, fut, que je crois, une providence de Dieu pour me garantir de la calomnie que l'on me voulait imputer.

Nous allâmes à cette religion, et mon chariot, qui était assez reconnaissable pour être doré [et] de velours jaune [garni] d'argent, nous attendit à la place, autour de laquelle y avait plusieurs gentilshommes logés. Pendant que nous étions dans Saint-Pierre, le roi ayant seulement avec lui le roi mon mari, d'O et le gros Ruffé, s'en allant voir Caylus qui était malade, passant par cette place [et] voyant mon chariot vide, il se tourne vers le roi mon mari et lui dit : « Voyez, voilà le chariot de votre femme, et voilà le logis de Bidé[1] », qui était lors malade (ainsi nommait-il aussi celui qui a depuis servi votre cousine). « Je gage, dit-il, qu'elle y est. » Et commanda au gros Ruffé, instrument propre de telle malice, pour être ami du Guast, d'y aller voir ; lequel n'y ayant trouvé personne, et ne voulant toutefois que cette vérité empêchât

1. Charles d'Entragues, dit Bidé.

le dessein du roi, lui dit tout haut devant le roi mon mari : « Les oiseaux y ont été, mais ils n'y sont plus. » Cela suffit assez pour donner sujet d'entretenir jusques au logis le roi mon mari, par tout ce qu'il pensait lui pouvoir donner de la jalousie, pour avoir mauvaise opinion de moi. Mais mon mari, témoignant en cela la bonté et l'entendement de quoi il s'est toujours montré accompagné, détestant en son cœur cette malice, jugea aisément à quelle fin il le faisait. Et le roi se hâtant de retourner avant moi pour persuader à la reine ma mère cette invention et m'en faire recevoir un affront, j'arrivai [alors] qu'il avait eu tout loisir de faire ce mauvais effet, et que même la reine ma mère en avait parlé fort étrangement devant des dames, partie pour créance, partie pour plaire à ce fils qu'elle idolâtrait.

Moi revenant après, sans savoir rien de tout ceci, j'allai descendre en ma chambre avec toute la troupe susdite qui m'avait accompagnée à Saint-Pierre. J'y trouvai le roi mon mari, qui soudain qu'il me vit se prit à rire : « Allez chez la reine votre mère, que je m'assure que vous en reviendrez bien en colère. » Je lui demandai pourquoi, et ce qu'il y avait. Il me dit : « Je ne le vous dirai pas, mais suffise [à] vous que je n'en crois rien, et que ce sont inventions pour nous brouiller vous et moi, pensant par ce moyen me séparer de l'amitié de Monsieur votre frère. » Voyant que je n'en pouvais tirer autre chose, je m'en vais chez la reine ma mère. Entrant en la salle, je trouvai Monsieur de Guise, qui, prévoyant, n'était pas marri de la division qu'il voyait arriver en notre Maison, espérant bien que du vaisseau brisé il en recueillerait les pièces. Il me dit : « Je vous attendais ici pour vous avertir que le roi vous a prêté une dangereuse charité. » Et me fit tout le discours susdit, qu'il avait appris de d'O, qui, étant lors fort ami de votre cousine, l'avait dit à Monsieur de Guise pour nous en avertir. J'entrai en la chambre de la reine ma mère, où elle n'était pas. Je trouvai Madame de Nemours, et toutes les autres princesses et dames, qui me dirent : « Mon Dieu, Madame, la reine votre mère est en si grande colère contre vous, je ne vous conseille pas de vous présenter devant elle. — Non, ce dis-je, si j'avais fait ce que le roi lui a dit ; mais en étant du tout innocente, il faut que je lui parle pour l'en éclaircir. » J'entre dans son cabinet, qui n'était fait que d'une cloison de bois, de sorte que l'on pouvait aisément entendre de la chambre tout ce qui se disait. Soudain qu'elle me voit, elle commence à jeter feu, et à dire tout ce qu'une colère outrée et démesurée peut jeter dehors. Je lui représente la vérité, et que nous étions dix à douze, et la suppliai de les enquérir ; et ne croire pas celles qui m'étaient amies et familières, mais seulement Madamoiselle de Montigny, qui ne me hantait[1] point, et Lian-

1. Fréquentait.

court et Camille, qui ne dépendaient que du roi. Elle n'a point d'oreilles pour la vérité ni pour la raison, elle n'en veut point recevoir (fût pour être préoccupée du faux, ou pour complaire à ce fils que d'affection, de devoir, d'espérance et de crainte elle idolâtrait), et ne cesse de taxer, crier et menacer. Et [moi] lui disant que cette charité m'avait été prêtée par le roi, elle se met encore plus en colère, me voulant faire croire que c'était un sien valet de chambre qui, passant par là, m'y avait vue. Et voyant que cette couverture[1] était grossière, et que je ne la recevais, et restais infiniment offensée du roi, cela la tourmentait et aigrissait davantage — ce qui était ouï de sa chambre toute pleine de gens.

Sortant de là avec le dépit que l'on peut penser, je trouve en ma chambre le roi mon mari. « Eh bien, n'avez-vous pas trouvé ce que je vous avais dit ? » Et me voyant si affligée : « Ne vous tourmentez pas de cela, dit-il. Liancourt et Camille se trouveront au coucher du roi, qui lui diront le tort qu'il vous a fait ; et m'assure que demain, la reine votre mère sera bien empêchée à faire les accords. » Je lui dis : « Monsieur, j'ai reçu un affront trop public de cette calomnie pour pardonner à ceux qui me l'ont causé ; mais toutes les injures ne me sont rien au prix du tort qu'on m'a voulu faire, me voulant procurer un si grand malheur de

1. Mensonge.

me vouloir mettre mal avec vous. » Il me répondit : « Il s'y est, Dieu merci, failli. » Je lui dis : « Oui, Dieu merci, et votre bon naturel. Mais de ce mal, si faut-il que nous en tirions un bien. Que ceci nous serve d'avertissement à l'un et à l'autre pour avoir l'œil ouvert à tous les artifices que le roi pourra faire pour nous mettre mal ensemble. Car il faut croire, puisqu'il a ce dessein, qu'il ne s'arrêtera pas à cettui-ci, et ne cessera qu'il n'ait rompu l'amitié de mon frère et de vous. » Sur cela, mon frère arriva, et les fis par nouveaux serments obliger à la continuation de leur amitié. Mais quel serment peut valoir en amour ?

Le lendemain matin, un banquier italien qui était serviteur de mon frère pria mondit frère, le roi mon mari et moi, et plusieurs autres princesses et dames, d'aller dîner en un beau jardin qu'il avait à la ville. Moi, ayant toujours gardé ce respect à la reine ma mère, tant que j'ai été auprès d'elle, fille ou mariée, de n'aller en un lieu sans lui en demander congé, je l'allai trouver en la salle, revenant de la messe, pour avoir sa permission pour aller à ce festin. Elle, me faisant un refus public, me dit que j'allasse où je voudrais, qu'elle ne s'en souciait pas. Si cet affront fut ressenti d'un courage comme le mien, je le laisse à juger à ceux qui, comme vous, ont connu mon humeur. Pendant que nous étions en ce festin, le roi, qui avait parlé à Liancourt et Camille, et à Madamoiselle de Montigny, connut l'erreur où la malice du gros Ruffé l'avait fait tomber ; et ne se trouvant moins en peine à la rhabiller[1] qu'il avait été prompt à la recevoir et à la publier, venant trouver la reine ma mère, lui confessa le vrai, et la pria de rhabiller cela en quelque façon que je ne lui demeurasse pas ennemie, craignant fort, parce qu'il me voyait avoir de l'entendement, que je ne m'en susse plus à propos revancher qu'il ne m'avait su offenser. Revenus que nous fûmes du festin, la prophétie du roi mon mari fut véritable. La reine ma mère m'envoya quérir en son cabinet de derrière, qui était proche de celui du roi, où elle me dit qu'elle avait su la vérité de tout, et que je lui avais dit vrai, qu'il n'était rien de tout ce que le valet de chambre qui lui avait fait ce rapport lui avait dit, que c'était un mauvais homme, qu'elle le chasserait. Et connaissant à ma mine que je ne recevais pas cette couverture, elle s'efforça par tous moyens de m'ôter l'opinion que ce fût le roi qui m'eût prêté cette charité. Et voyant qu'elle n'y avançait rien, le roi entra dans le cabinet, qui m'en fit force excuses, disant qu'on le lui avait fait accroire, et me faisant toutes les satisfactions et démonstrations d'amitié qui se pouvaient faire.

Cela passé, après avoir demeuré quelque temps à Lyon, nous allâmes à Avignon. Le Guast, n'osant plus inventer de telles impostures et voyant que je ne lui donnais aucune prise en mes actions par la

1. Réparer.

jalousie, pour me mettre mal avec le roi mon mari et ébranler l'amitié de mon frère et de lui, il se servit de l'autre voie, qui était de Madame de Sauve, la gagnant tellement qu'elle se gouvernait du tout par lui, et usant de ses instructions non moins pernicieuses que celles de la Célestine[1]. En peu de temps, elle eût rendu l'amour de mon frère et du roi mon mari, auparavant tiède et lente comme celle de personnes si jeunes, en une telle extrémité, oubliant toute ambition, tout devoir et tout dessein, qu'ils n'avaient plus autre chose en l'esprit que la recherche de cette femme. Et en viennent à une si grande et véhémente jalousie l'un de l'autre, qu'encore qu'elle fût recherchée de Monsieur de Guise, du Guast, de Souvray et plusieurs autres, qui étaient tous plus aimés d'elle qu'eux, ils ne s'en souciaient pas, et ne craignaient ces deux beaux-frères que la recherche de l'un et de l'autre ! Et cette femme, pour mieux jouer son jeu, persuade au roi mon mari que j'en étais jalouse, et que pour cette cause je tenais le parti de mon frère ! Nous croyons aisément ce qui nous est dit par personnes que nous aimons... Il prend cette créance, il s'éloigne de moi, et s'en cache plus que de tout autre, ce que jusques alors il n'avait fait. Car, quoi qu'il en eût à la fantaisie, il m'en avait toujours parlé aussi librement qu'à une sœur,

1. Célèbre entremetteuse de *La Celestina* (1499) attribué à Fernando de Rojas.

connaissant bien que je n'en étais aucunement jalouse, ne désirant que son contentement.

Moi, voyant ce que j'avais le plus craint être advenu, qui était l'éloignement de sa bonne grâce, pour la privation de la franchise de quoi il avait usé jusques alors avec moi, et que la méfiance, qui prive de la familiarité, est le principe de la haine (soit entre parents ou amis), et connaissant d'ailleurs que, si je pouvais divertir mon frère de l'affection de Madame de Sauve, j'ôterais le fondement de l'artifice que Le Guast avait fabriqué à notre division et ruine susdite, à l'endroit de mon frère j'usai de tous les moyens que je pus pour l'en tirer — ce qui eût servi tout autre, qui n'eût eu l'âme fascinée par l'amour et la ruse de si fines personnes. Mon frère, qui en toutes choses ne croyait rien que moi, ne put jamais se regagner soi-même pour son salut et le mien, tant forts étaient les charmes de cette Circé aidée de ce diabolique esprit du Guast ; de façon qu'au lieu de tirer profit de mes paroles, il les redisait toutes à cette femme. Que peut-on celer à celui que l'on aime ? Elle s'en animait contre moi et servait avec plus d'affection au dessein du Guast, et pour s'en venger disposait toujours davantage le roi mon mari à me haïr et s'étranger de moi, de sorte qu'il ne me parlait presque plus. Il revenait de chez elle fort tard, et pour l'empêcher de me voir elle lui commandait de se trouver au lever de la reine, où elle était sujette d'aller ; et après, tout le jour, il ne bougeait plus d'avec elle. Mon frère ne rapportait moins de soin à la rechercher, elle leur faisant accroire à tous deux qu'ils étaient uniquement aimés d'elle — ce qui n'avançait moins leur jalousie et leur division que ma ruine.

[1575]

Après un long séjour en Avignon, la cour se rend à Reims pour le sacre d'Henri III et son mariage avec Louise de Lorraine. Louis de Clermont d'Amboise, seigneur de Bussy, s'engage au service de François d'Alençon. Marguerite en dresse un portrait élogieux (il sera son amant jusqu'à son départ pour la Gascogne trois ans plus tard). Le Guast accuse à nouveau Marguerite d'adultère, mais ne réussit pas à convaincre. Bussy échappe de peu à une tentative d'assassinat et est invité à quitter la cour pour quelques jours. Le roi, qui nourrit à l'égard de sa sœur un grand ressentiment parce qu'elle soutient les menées de François d'Alençon et de son mari, décide de s'en venger en éloignant d'elle l'une de ses femmes, Mlle de Thorigny. Quelque temps plus tard, François d'Alençon s'évade du Louvre. Puis (en réalité cinq mois plus tard, en février 1576), c'est au tour d'Henri de regagner secrètement la Gascogne. Outré, Henri III décide de retenir Marguerite en otage et, sur les conseils de Le Guast, imagine de faire assassiner Mlle de Thorigny. Celle-ci, qui sert d'agent de liaison, est sauvée in

extremis *par les gens de François d'Alençon. La captivité de Marguerite au Louvre lui est officiellement signi-
fiée par sa mère.*

Nous fîmes un long séjour en Avignon, et un
grand tour par la Bourgogne et la Champagne
pour aller à Reims aux noces du roi, et de là
venir à Paris, où les choses se comportèrent toujours de cette façon. La trame du Guast allait par
ces moyens toujours s'avançant à notre division et
ruine. Étant à Paris, mon frère approcha de lui
Bussy, en faisant autant d'estime que sa valeur le
méritait. Il était toujours auprès de mon frère, et
par conséquent avec moi, mon frère et moi étant
presque toujours ensemble, et ordonnant à tous
ses serviteurs de ne m'honorer et rechercher moins
que lui. Tous les honnêtes gens de sa suite accom-
plissaient cet agréable commandement avec tant
de sujétion, qu'ils ne me rendaient moins de service
qu'à lui. Votre tante[1], voyant cela, m'a souvent dit
que cette belle union de mon frère et de moi lui
faisait ressouvenir du temps de Monsieur d'Orléans
mon oncle[2] et de Madame de Savoie ma tante.

Le Guast, qui était un potiron[3] de ce temps, y

1. Celle de Brantôme, Mme de Dampierre.
2. Charles, duc d'Orléans, dont les cabales contre son frère
Henri avaient été nombreuses.
3. Personnage vaniteux.

donnant interprétation contraire, pense que la Fortune lui offrait un beau moyen pour se hâter à plus vite pas d'arriver au but de son dessein, et par le moyen de Madame de Sauve s'étant introduit en la bonne grâce du roi mon mari, tâche par toute voie lui persuader que Bussy me servait. Et voyant qu'il n'y avançait rien, [mon mari] étant assez averti par ses gens, qui étaient toujours avec moi, de mes déportements[1] qui ne tendaient à rien de semblable, il s'adressa au roi, qu'il trouva plus facile à persuader, tant pour le peu de bien qu'il voulait à mon frère et à moi, notre amitié lui étant suspecte et odieuse, que pour la haine qu'il avait à Bussy, qui, l'ayant autrefois suivi, l'avait quitté pour se dédier à mon frère — acquisition qui accroissait autant la gloire de mon frère que l'envie de nos ennemis, pour n'y avoir en ce siècle-là, de son sexe et de sa qualité, rien de semblable en valeur, réputation, grâce et esprit. En quoi quelques-uns disaient que, s'il fallait croire la transmutation des âmes, comme quelques philosophes ont tenu, que sans doute celle de Ardelay, votre brave frère[2], animait le corps de Bussy. Par Le Guast le roi imbu de cela en parle à la reine ma mère, la conviant à en parler au roi mon mari, et tâchant de la mettre aux mêmes aigreurs qu'il l'avait mise à Lyon.

1. Ma conduite.
2. Le frère de Brantôme, tué au siège de Chartres, sept ans auparavant.

Mais elle, voyant le peu d'apparence qu'il y avait, l'en rejeta, lui disant : « Je ne sais qui sont les brouillons qui vous mettent telles opinions en la fantaisie. Ma fille est malheureuse d'être venue en un tel siècle. De notre temps, nous parlions librement à tout le monde, et tous les honnêtes gens qui suivaient le roi votre père, Monsieur le dauphin et Monsieur d'Orléans vos oncles, étaient d'ordinaire à la chambre de Madame Marguerite votre tante, et de moi. Personne ne le trouvait étrange, comme aussi n'y avait-il pas de quoi. Bussy voit ma fille devant vous, devant son mari en sa chambre, devant tous les gens de son mari, et devant tout le monde ; ce n'est pas à cachette ni à porte fermée. Bussy est personne de qualité, et le premier auprès de votre frère. Qu'y a-t-il à penser ? En savez vous autre chose ? Par une calomnie, à Lyon, vous me lui avez fait faire un affront très grand, duquel je crains bien qu'elle ne s'en ressente toute sa vie. » Le roi demeurant étonné lui dit : « Madame, je n'en parle qu'après les autres. » Elle répondit : « Qui sont ces autres, mon fils ? Ce sont gens qui vous veulent mettre mal avec tous les vôtres. » Le roi s'en étant allé, elle me raconte le tout et me dit : « Vous êtes née d'un misérable temps. » Et appelant votre tante Madame de Dampierre, elle se mit à discourir avec elle de l'honnête liberté et des plaisirs qu'ils avaient en ce temps-là, sans être sujets comme nous à la médisance.

Le Guast, voyant que sa mine était éventée et qu'elle n'avait pris feu de ce côté comme il désirait, s'adresse à certains gentilshommes qui suivaient lors le roi mon mari, qui jusques alors avaient été compagnons de Bussy en qualités et en charges, lesquels en particulier avaient quelque haine contre lui pour la jalousie que leur apportaient son avancement et sa gloire. Ceux-ci, joignant à cette envieuse haine un zèle inconsidéré au service de leur maître, ou, pour mieux dire, couvrant leur envie de ce prétexte, se résolurent un soir, sortant tard du coucher de son maître pour se retirer en son logis, de l'assassiner. Et comme les honnêtes gens qui étaient auprès de mon frère avaient accoutumé de l'accompagner, ils savaient qu'ils ne le trouveraient avec moins de quinze ou vingt honnêtes hommes et que, bien que pour la blessure qu'il avait au bras droit (depuis peu de jours qu'il s'était battu contre Saint-Phal), il ne portât point d'épée, que sa présence serait suffisante pour redoubler le courage à ceux qui étaient avec lui. Ce que redoutant, et voulant faire leur entreprise assurée, ils résolurent de l'attaquer avec deux ou trois cents hommes[1], le voile de la nuit couvrant la honte de tel assassinat.

Le Guast, qui commandait au régiment des gar-

1. En réalité, Bussy, qui jouit d'une réputation de fin bretteur, est attaqué par une douzaine d'hommes. La narratrice confond cette première attaque avec celle de 1578.

des, leur fournit des soldats ; et se mettant en cinq ou six troupes en la plus prochaine rue de son logis, où il fallait qu'il passât, le chargent, éteignant les torches et flambeaux. Après une salve d'arquebusades et pistolétades qui eût suffi, non à attaquer une troupe de quinze ou vingt hommes, mais à défaire un régiment, ils viennent aux mains avec sa troupe, tâchant toujours, à l'obscurité de la nuit, à le remarquer pour ne le faillir, et le connaissant à une écharpe colombine[1] où il portait son bras droit blessé — bien à propos pour eux, qui en eussent senti la force ! Qui furent toutefois bien soutenus de cette petite troupe d'honnêtes gens qui étaient avec lui, à qui l'inopiné rencontre ni l'horreur de la nuit n'ôta le cœur ni le jugement, mais, faisant autant de preuve de leur valeur que de l'affection qu'ils avaient à leur ami, à force d'armes le passèrent jusques à son logis, sans perdre aucun de leur troupe qu'un gentilhomme qui avait été nourri avec lui, qui, ayant été blessé paravant à un bras, portait une écharpe colombine comme lui (mais toutefois bien différente, pour n'être enrichie comme celle de son maître). Toutefois, en l'obscurité de la nuit, ou le transport ou l'animosité de ces assassins qui avaient le mot de donner tous à l'écharpe colom-

1. Écharpe de couleur gris clair, brodée par Marguerite de Valois elle-même, si l'on en croit les récits de l'époque.

bine, fit que toute la troupe se jeta sur ce pauvre gentilhomme, pensant que ce fut Bussy, et le laissèrent pour mort en la rue.

Un gentilhomme italien qui était à mon frère y étant blessé, de premier abord l'effroi l'ayant pris, s'en recourt tout sanglant dans le Louvre, et jusques à la chambre de mon frère qui était couché, criant que l'on assassinait Bussy. Mon frère soudain y voulut aller. De bonne fortune, je n'étais point encore couchée, et étais logée si près de mon frère que j'ouïs cet homme effrayé crier par les degrés cette épouvantable nouvelle, aussi tôt que lui. Soudain je cours en sa chambre pour l'empêcher de sortir, et envoyai supplier la reine ma mère d'y venir pour le retenir, voyant bien qu'en toutes autres occasions il me déférait beaucoup, mais que la juste douleur qu'il sentait l'emportait tellement hors de lui-même que, sans considération, il se fût précipité à tous dangers pour courre[1] à la vengeance. Nous le retenons à toute peine, la reine ma mère lui représentant qu'il n'y avait nulle apparence de sortir seul comme il était pendant la nuit, que l'obscurité couvre toute méchanceté, que Le Guast était peut-être assez méchant d'avoir fait cette partie expressément pour le faire sortir mal à propos, afin de le faire tomber en quelque accident. Au désespoir qu'il était, ces paroles eussent eu peu de force ; mais elle, y usant

1. Courir.

73

de son autorité, l'arrêta et commanda aux portes qu'on ne le laissât sortir, prenant la peine de demeurer avec lui jusques à ce qu'il sût la vérité de tout.

Bussy, que Dieu avait garanti miraculeusement de ce danger, ne s'étant troublé pour cet hasard, son âme n'étant pas susceptible de la peur, étant né pour être la terreur de ses ennemis, la gloire de son maître et l'espérance de ses amis, entré qu'il fut à son logis, soudain il se souvint de la peine en quoi serait son maître si la nouvelle de ce rencontre[1] était portée jusques à lui incertainement. Et craignant que cela l'eût fait jeter dans les filets de ses ennemis, comme sans doute il eût fait si la reine ma mère ne l'en eût empêché, il envoie soudain un des siens, qui apporta la nouvelle à mon frère de la vérité de tout. Et le jour étant venu, Bussy, sans crainte de ses ennemis, revient dans le Louvre avec la façon aussi brave et aussi joyeuse que si cet attentat lui eût été un tournoi pour plaisir. Mon frère, aussi aise de le revoir que plein de dépit et de vengeance, témoigne assez comme il ressent l'offense qui lui a été faite, de l'avoir voulu priver du plus digne et plus brave serviteur que prince de sa qualité eût jamais, connaissant bien que Le Guast s'attaquait à Bussy pour ne s'oser prendre de premier abord à lui-même. La reine ma mère, la plus prudente et avisée princesse qui ait jamais été, connaissant de quel poids étaient tels

1. Le mot est alors masculin.

effets, et prévoyant qu'ils pourraient enfin mettre ses deux enfants mal ensemble, conseille à mon frère que, pour lever tel prétexte, il fît que pour un temps Bussy s'éloignât de la Cour. À quoi mon frère consentit par la prière que je lui en fis, voyant bien que, s'il demeurait, Le Guast le mettrait toujours en jeu et le ferait servir de couverture à son pernicieux dessein, qui était de maintenir mon frère et le roi mon mari mal ensemble, comme il les y avait mis par les artifices susdits. Bussy, qui n'avait autre volonté que celle de son maître, partit accompagné de la plus grande noblesse qui fût à la Cour, qui suivait mon frère.

Ce sujet étant ôté au Guast, et voyant que le roi mon mari ayant eu en ce même temps, en une nuit, une fort grande faiblesse, en laquelle il demeura évanoui l'espace d'une heure (qui lui venait, comme je crois, d'excès qu'il avait faits avec les femmes, car je ne l'y avais jamais vu sujet), en laquelle je l'avais servi et assisté comme le devoir me le commandait (de quoi il restait si content de moi qu'il s'en louait à tout le monde, disant que, sans que je m'en étais aperçue et avais soudain couru à le secourir et appeler mes femmes et ses gens, qu'il était mort ; qu'à cette cause il m'en faisait beaucoup meilleure chère ; et que depuis, l'amitié de lui et de mon frère commençait à se renouer, estimant toujours que j'en étais la cause et que je leur étais, comme l'on voit en toutes choses naturelles mais plus apparemment [encore] aux serpents coupés, un certain baume naturel qui réunit et rejoint les parties séparées), [Le Guast donc,] poursuivant toujours la pointe de son premier et pernicieux dessein, et recherchant de fabriquer quelque nouvelle invention pour nous rebrouiller le roi mon mari et moi, met à la tête du roi, qui depuis peu de jours avait ôté (par le même artifice du Guast) à la reine, sa sacrée princesse, très vertueuse et bonne, une fille qu'elle aimait fort et qui avait été nourrie avec elle, nommée Changy, qu'il devait faire que le roi mon mari m'en fît de même, m'ôtant celle que j'aimais le plus, nommée Thorigny — sans en amener autre raison, sinon qu'il ne fallait point laisser auprès des jeunes princesses des filles en qui elles eussent si particulière amitié.

Le roi, persuadé de ce mauvais homme, en parle plusieurs fois à mon mari, qui lui répond qu'il savait bien qu'il me ferait un cruel déplaisir : si j'aimais Thorigny, j'en avais occasion ; qu'outre ce qu'elle avait été nourrie avec la reine d'Espagne ma sœur[1], et avec moi depuis mon enfance, qu'elle avait beaucoup d'entendement, et que même elle l'avait fort servi en sa captivité du bois de Vincennes ; qu'il serait ingrat s'il ne s'en ressouvenait ; et qu'il avait autrefois vu que Sa Majesté en faisait grand état. Plusieurs fois, il s'en défendit de cette façon. Mais enfin, Le Guast persistant

1. Élisabeth, épouse de Philippe II.

toujours à pousser le roi, et jusques à lui faire dire au roi mon mari qu'il ne l'aimerait jamais si dans le lendemain il ne m'avait fait ôter Thorigny, il fut contraint — à son grand regret, comme depuis il me l'a avoué — m'en prier et me le commander. Ce qui me fut si aigre, que je ne me pus empêcher lui témoigner par mes larmes combien j'en recevais de déplaisir, lui remontrant que ce qui m'en affligeait le plus n'était point l'éloignement de la présence d'une personne qui, depuis mon enfance, s'était toujours rendue sujette et utile auprès de moi, mais que, [chacun] sachant comme je l'aimais, je n'ignorais pas combien son partement[1] si précipité porterait de préjudice à ma réputation. Ne pouvant recevoir ces raisons, pour la promesse qu'il avait faite au roi de me faire ce déplaisir, elle partit le jour même, se retirant chez un sien cousin, nommé Monsieur Chastelas. Je restai si offensée de cette indignité — à la suite de tant d'autres — que, ne pouvant plus résister à la juste douleur que je ressentais (qui, bannissant toute prudence de moi, m'abandonnait à l'ennui), je ne me pus plus forcer à rechercher le roi mon mari. De sorte que, Le Guast et Madame de Sauve d'un côté l'étrangeant de moi, et moi m'éloignant aussi, nous ne couchions plus ni ne parlions plus ensemble.

Quelques jours après, quelques bons serviteurs

1. Départ.

du roi mon mari lui ayant fait connaître l'artifice [par le moyen] duquel on le menait à sa ruine (le mettant mal avec mon frère et moi pour le séparer de ceux de qui il devait espérer le plus d'appui, pour après le laisser là et ne tenir compte de lui — comme le roi commençait à n'en faire pas grand état et à le mépriser), ils le firent parler à mon frère, qui, depuis le partement de Bussy, n'avait pas amendé sa condition. Car Le Guast, tous les jours, lui faisait recevoir quelques nouvelles indignités. Et connaissant qu'ils étaient tous deux en même prédicament[1] à la Cour, aussi défavorisés l'un que l'autre, que Le Guast seul gouvernait le monde, qu'il fallait qu'ils mendiassent de lui ce qu'ils voulaient obtenir auprès du roi, que s'ils demandaient quelque chose ils étaient refusés avec mépris, [que] si quelqu'un se rendait leur serviteur il était aussitôt ruiné et attaqué de mille querelles que l'on lui suscitait, ils se résolurent, voyant que leur division était leur ruine, de se réunir et se retirer de la Cour, pour, ayant ensemble leurs serviteurs et amis, demander au roi une condition et un traitement digne de leur qualité — mon frère n'ayant eu jusques alors son apanage et s'entretenant seulement de certaines pensions mal assignées qui venaient seulement quand il plaisait au Guast, et le roi mon mari ne jouissait nullement

1. Dans la même situation.

de son gouvernement de Guyenne, ne lui étant permis d'y aller, ni en aucune de ses terres.

Cette résolution étant prise entre eux, mon frère m'en parla, me disant qu'à cette heure ils étaient bien ensemble, et qu'il désirait que nous fussions bien, le roi mon mari et moi, et qu'il me priait d'oublier tout ce qui s'était passé ; que le roi mon mari lui avait dit qu'il en avait un extrême regret, et qu'il connaissait bien que nos ennemis avaient été plus fins que nous, mais qu'il se résolvait de m'aimer et de me donner plus de contentement de lui. Il me priait aussi, de mon côté, de l'aimer et de l'assister en ses affaires en son absence (ayant pris résolution tous deux ensemble que mon frère partirait le premier, se dérobant dans un carrosse, comme il pourrait, et qu'à quelques jours de là le roi mon mari, feignant d'aller à la chasse, le suivrait), regrettant beaucoup qu'ils ne me pussent emmener avec eux, toutefois s'assurant qu'on ne m'oserait faire déplaisir, les sachant dehors. Aussi, qu'ils feraient bientôt paraître que leur intention n'était point de troubler la France, mais seulement d'établir une condition digne de leur qualité et se mettre en sûreté. Car, parmi ces traverses, ils n'étaient pas sans crainte de leur vie, fût ou que véritablement ils fussent en danger, ou que ceux qui désiraient la division et ruine de notre Maison pour s'en prévaloir leur fissent donner des alarmes par les continuels avertissements qu'ils en recevaient.

Le soir venu, peu avant le souper du roi, mon frère changeant de manteau et le mettant autour du nez, sort, seulement suivi d'un des siens, qui n'était pas reconnu, et s'en va à pied jusques à la porte de Saint-Honoré, où il trouve Simier avec le carrosse d'une dame, qu'il avait emprunté pour cet effet, dans lequel il se mit, et va jusques à quelque maison à un quart de lieue de Paris, où il trouva des chevaux qui l'attendaient, sur lesquels montant, à quelques lieues de là il trouva deux ou trois cent chevaux de ses serviteurs, qui l'attendaient au rendez-vous qu'il leur avait donné. L'on ne s'aperçoit point de son partement que sur les neuf heures du soir. Le roi et la reine ma mère me demandèrent pourquoi il n'avait point soupé avec eux, et s'il était malade. Je leur dis que je ne l'avais point vu depuis l'après-dînée. Ils envoyèrent en sa chambre voir ce qu'il faisait. On leur vint dire qu'il n'y était pas. Ils disent qu'on le cherche par les chambres des dames où il avait accoutumé d'aller. On cherche par le château, on cherche par la ville, on ne le trouve point. À cette heure l'alarme s'échauffe. Le roi se met en colère, se courrouce, menace, envoie quérir tous les princes et seigneurs de la Cour, leur commande de monter à cheval et le lui ramener vif ou mort, disant qu'il s'en va troubler son État pour lui faire la guerre, et qu'il lui fera connaître la folie qu'il faisait de s'attaquer à un roi si puissant que lui. Plusieurs de ces princes et seigneurs refusent cette commission, remontant au roi de quelle importance elle était : qu'ils voudraient apporter leur vie en ce qui serait du service du roi, comme ils savaient être de leur devoir, mais d'aller contre Monsieur son frère, ils savaient bien que le roi leur en saurait un jour mauvais gré ; et qu'il s'assurât que mon frère n'entreprendrait rien qui pût déplaire à Sa Majesté, ni qui pût nuire à son État ; que peut-être c'était un mécontentement qui l'avait convié à s'éloigner de la Cour ; qu'il leur semblait que le roi devait envoyer devers lui pour s'informer de l'occasion qui l'avait mu à partir, avant [de] prendre résolution à toute rigueur comme celle-ci. Quelques autres acceptèrent et se préparèrent pour monter à cheval. Ils ne purent faire telle diligence qu'ils pussent partir plus tôt que sur le point du jour, qui fut cause qu'ils ne trouvèrent point mon frère et furent contraints de revenir, pour n'être pas en équipage de guerre.

Le roi, pour ce départ, ne montra pas meilleur visage au roi mon mari, mais, en faisant aussi peu d'état qu'à l'accoutumée, le tenait toujours de même façon ; ce qui le confirmait en la résolution qu'il avait prise avec mon frère. De sorte que peu de jours après il partit, feignant d'aller à la chasse. Moi, le lendemain du partement de mon frère, les pleurs qui m'avaient accompagnée toute la nuit m'émurent un si grand rhume sur la moitié du visage, que j'en fus, avec une grosse fièvre, arrêtée dans le lit pour quelques jours, fort malade et avec beaucoup de douleurs. Durant laquelle maladie le roi mon mari, ou qu'il fût occupé à disposer de son partement, ou qu'ayant à laisser bientôt la Cour il voulût donner ce peu de temps qu'il avait à y être à la seule volupté de jouir de la présence de sa maîtresse Madame de Sauve, ne put avoir le loisir de me venir voir en ma chambre ; et revenant pour se retirer, à l'accoutumée, à une ou deux heures après minuit, couchant en deux lits comme nous faisions toujours, je ne l'entendais point venir ; et se levant avant que je fusse éveillée pour se trouver, comme j'ai dit ci-devant, au lever de la reine ma mère, où Madame de Sauve allait, il ne se souvenait point de parler à moi comme il avait promis à mon frère, et partit de cette façon sans me dire adieu.

Je ne laissai pas de demeurer soupçonnée du roi que j'étais la seule cause de ce partement. Et jetant feu contre moi, s'il n'eût été retenu de la reine ma mère, sa colère, je crois, lui eût fait exécuter contre ma vie quelque cruauté. Mais, étant retenu par elle, et n'osant faire pis, soudain il dit à la reine ma mère que pour le moins il me fallait donner des gardes, pour empêcher que je ne suivisse le roi mon mari, et aussi pour engarder[1] que personne ne communiquât avec moi, afin que je ne les avertisse de ce qui se passait à la Cour. La reine ma mère, voulant faire toutes choses avec douceur,

1. Empêcher.

lui dit qu'elle le trouverait bon aussi — étant bien aise d'avoir pu rabattre jusque là la violence du premier mouvement de sa colère —, mais qu'elle me viendrait trouver pour me disposer à ne trouver si rude ce traitement-là ; que ces aigreurs ne demeureraient toujours en ces termes ; que toutes les choses du monde avaient deux faces, que cette première, qui était triste et affreuse, étant tournée, quand nous viendrons à voir la seconde, plus agréable et plus tranquille, à nouveaux événements on prendrait nouveau conseil ; que lors, peut-être, l'on aurait besoin de se servir de moi ; que, comme la prudence conseillait de vivre avec ses amis comme devant un jour être ses ennemis, pour ne leur confier rien de trop, qu'aussi l'amitié venant à se rompre et pouvant nuire, elle ordonnait d'user de ses ennemis comme pouvant être un jour amis.

Ces remontrances empêchèrent bien le roi de me faire, à moi, ce qu'il eût bien voulu. Mais Le Guast, lui donnant invention de décharger ailleurs sa colère, fit que soudain, pour me faire le plus cruel déplaisir qui se pouvait imaginer, il envoya des gens à la maison de Chastelas, cousin de Thorigny, pour, sous ombre de la prendre pour l'amener au roi, la noyer en une rivière qui était près de là. Eux arrivés, Chastelas les laisse librement entrer dans la maison, ne se doutant de rien. Eux soudain se voyant dedans les plus forts, usant avec autant d'indiscrétion que d'imprudence de la ruineuse charge qui leur avait été donnée, prennent

Thorigny, la lient, l'enferment dans une chambre, attendant de partir que leurs chevaux eussent repu, [et] cependant usant à la française sans se garder de rien, se gorgeant jusques à crever de tout ce qui était de meilleur en cette maison (Chastelas, qui était homme avisé, n'étant pas marri qu'aux dépens de son bien on pût gagner ce temps pour retarder le partement de sa cousine, espérant que *qui a temps a vie*, et que Dieu peut-être changerait le cœur du roi, qui contre-manderait ces gens ici pour ne me vouloir si aigrement offenser, n'osant ledit Chastelas entreprendre par autre voie de les empêcher, bien qu'il avait des amis assez pour le faire).

Mais Dieu, qui a toujours regardé mon affliction, pour me garantir du danger et déplaisir que mes ennemis me pourchassaient, plus à propos que moi-même ne lui eusse pu requérir quand j'eusse su cette entreprise que j'ignorais, prépara un inespéré secours pour délivrer Thorigny des mains de ces scélérats, qui fut tel que, quelques valets et chambrières s'en étant fuis, pour la crainte de ces satellites qui battaient et frappaient là-dedans comme en maison de pillage, étant à un quart de lieue de la maison, Dieu guida par là La Ferté et Avantigny avec leurs troupes (qui étaient bien deux cents chevaux, qui s'en allaient joindre à l'armée de mon frère), et fait que La Ferté reconnut parmi cette troupe de paysans un homme éploré qui était à Chastelas ; et lui demande ce qu'il avait, s'il y avait là quelques gens d'armes qui leur eussent fait quelque tort. Le valet lui répond que non, et que la cause qui les rendait ainsi tourmentés était l'extrémité en quoi il avait laissé son maître, pour la prise de sa cousine. Soudain, La Ferté et Avantigny se résolurent de me faire ce bon office de délivrer Thorigny, louant Dieu de leur avoir offert une si belle occasion de me pouvoir témoigner l'affection qu'ils m'avaient toujours eue. Et hâtant le pas, eux et toutes leurs troupes arrivent si à propos à la maison dudit Chastelas, qu'ils trouvent ces scélérats sur le point qu'ils voulaient mettre Thorigny sur un cheval pour l'emmener noyer, entrent tous à cheval, l'épée au poing, dans la cour, criant : « Arrêtez-vous, bourreaux ! Si vous lui faites mal, vous êtes morts ! » Et commençant à les charger, [et] eux à fuir, ils laissèrent leur prisonnière aussi transportée de joie que transie de frayeur. Et après avoir rendu grâces à Dieu et à eux d'un si salutaire et nécessaire secours, faisant apprêter le chariot de sa cousine de Chastelas, elle s'en va, accompagnée de sondit cousin, avec l'escorte de ces honnêtes gens, trouver mon frère ; qui fut très aise, ne me pouvant avoir auprès de lui, d'y avoir personne que j'aimasse comme elle. Elle y fut tant que le danger dura, traitée et respectée comme si elle eût été auprès de moi.

Pendant que le roi faisait cette belle dépêche pour sacrifier Thorigny à son ire, la reine ma mère, qui n'en savait rien, m'était venue trouver en ma chambre que je m'habillais encore, faisant état, bien que je fusse encore mal de mon rhume — mais plus malade en l'âme qu'au corps de l'ennui qui me possédait — de sortir de ce jour-là de ma chambre pour voir un peu le cours du monde sur ces nouveaux accidents, étant toujours en peine de ce qu'on entreprendrait contre mon frère et le roi mon mari. Elle me dit : « Ma fille, vous n'avez que faire de vous hâter de vous habiller. Ne vous fâchez point, je vous prie, de ce que j'ai à vous dire. Vous avez de l'entendement. Je m'assure que ne trouverez point étrange que le roi se sente offensé contre votre frère et votre mari, et que, sachant l'amitié qui est entre vous, il craint que vous sachiez leur partement, et est résolu de vous tenir pour otage de leurs déportements. Il sait combien votre mari vous aime, et ne peut avoir un meilleur gage de lui que vous. Pour cette cause il a commandé que l'on vous mît des gardes, pour empêcher que vous ne sortiez de votre chambre. Aussi, que ceux de son conseil lui ont représenté que si vous étiez libre parmi nous, vous découvririez tout ce qui se délibérerait contre votre frère et contre votre mari et les en avertiriez. Je vous prie ne le trouver mauvais ; ceci, si Dieu plaît, ne durera guère. Ne vous fâchez point aussi si je n'ose si souvent vous venir voir, car je craindrais d'en donner soupçon au roi ; mais assurez-vous que je ne permettrai point qu'il vous soit fait aucun déplaisir, et que je ferai tout ce que je pourrai pour mettre la paix entre vos frères. » Je lui représentai combien était grande l'indignité qu'on me faisait en cela. Je ne voulais pas désavouer que mon frère m'avait toujours librement communiqué tous ses justes mécontentements ; mais pour le roi mon mari, depuis qu'il m'avait ôté Thorigny, nous n'avions point parlé ensemble ; que même il ne m'avait point vue en ma maladie, et ne m'avait point dit adieu. Elle me répond : « Ce sont petites querelles de mari à femme ; mais on sait bien qu'avec douces lettres il vous regagnera le cœur, et que, s'il vous mande l'aller trouver, vous y irez, ce que le roi mon fils ne veut pas. »

[1576]

La captivité de Marguerite se prolonge jusqu'à ce que Catherine de Médicis appelle ses enfants à la réconciliation. Henri III invite sa mère à se rendre en Champagne avec Marguerite pour traiter avec François d'Alençon. La Paix de Sens est signée en mai. En juin, Navarre, redevenu huguenot, réclame sa femme. Catherine enjoint à sa fille de demeurer à Paris. La Paix de Sens a mécontenté les catholiques et les Guises viennent de constituer la Ligue. Le roi s'en déclare bientôt le chef et le duc d'Alençon, tactiquement rallié à la cause catholique, s'y joint aussi. Au début du mois de décembre, les états généraux se tiennent à Blois.

Elle s'en retournant, je demeure en cet état quelques mois, sans que personne, ni [même] mes plus privés amis, m'osassent venir voir, craignant de se ruiner. À la Cour, l'adversité est toujours seule, comme la prospérité est accompagnée ; et la persécution est la coupelle des vrais et entiers amis. Le seul brave Grillon[1] est celui qui, méprisant toutes défenses et toutes défaveurs, vint cinq ou six fois en ma chambre, étonnant tellement de crainte les cerbères que l'on avait mis à ma porte, qu'ils n'osèrent jamais le dire, ni lui refuser le passage. Durant ce temps-là, le roi mon mari étant arrivé en son gouvernement et ayant joint ses serviteurs et amis, chacun lui remontra le tort qu'il avait d'être parti sans me dire adieu, lui représentant que j'avais de l'entendement pour le pouvoir servir, et qu'il fallait qu'il me regagnât, qu'il retirerait beaucoup d'utilité de mon amitié et de ma présence lorsque, les choses étant pacifiées, il me pourrait avoir auprès de lui. Il fut aisé à persuader en cela, étant éloigné de sa Circé, Madame de Sauve, ses charmes ayant perdu par l'absence leur force, ce qui lui rendait sa raison pour reconnaître clairement les artifices de nos ennemis, et que la division qu'ils avaient trouvée entre nous ne lui procurait moins de ruine qu'à moi. Il m'écrivit une très honnête lettre, où il me priait d'oublier

1. Louis de Balbe de Berton, seigneur de Crillon, appelé Grillon.

tout ce qui s'était passé entre nous, et croire qu'il me voulait aimer, et me le faire paraître plus qu'il n'avait jamais fait, me commandant aussi le tenir averti de l'état des affaires qui se passaient où j'étais, de mon état, et de celui de mon frère — car ils étaient éloignés, bien qu'unis d'intelligence, mon frère étant vers la Champagne et le roi mon mari en Gascogne. Je reçus cette lettre étant encore captive, qui m'apporta beaucoup de consolation et soulagement, et ne manquai depuis, bien que les gardes eussent charge de ne me laisser écrire, aidée de la nécessité, mère de l'invention, de lui faire souvent tenir de mes lettres.

Quelques jours après que je fus arrêtée, mon frère sut ma captivité, qui l'aigrit tellement que, s'il n'eût eu l'affection de sa patrie dans le cœur autant enracinée comme il avait de part et d'intérêt à cet État, il eût fait une si cruelle guerre (comme il en avait le moyen, ayant lors une belle armée), que le peuple eût porté la peine des effets de leur prince. Mais retenu, pour le devoir, de cette naturelle affection, il écrivit à la reine ma mère que si l'on me traitait ainsi, que l'on le mettrait au dernier désespoir. Elle, craignant de voir venir les aigreurs de cette guerre à cette extrémité qu'elle n'eût le moyen de la pacifier, remontre au roi de quelle importance cette guerre lui était, [et] trouva lors le roi disposé à recevoir ses raisons, son ire étant modérée par la connaissance du péril où il se voyait, étant attaqué en Gascogne, Dauphiné, Languedoc, Poitou, et du roi mon mari, et des huguenots qui tenaient plusieurs belles places, et de mon frère en Champagne qui avait une grosse armée, composée de la plus brave et gaillarde noblesse qui fût en France ; et n'ayant pu, depuis le départ de mon frère, par prières, commandements ni menaces, faire monter personne à cheval contre mon frère, tous les princes et seigneurs de France redoutant sagement de mettre le doigt entre deux pierres. Tout ce considéré, le roi prête l'oreille aux remontrances de la reine ma mère, et se rend non moins qu'elle désireux de faire une paix, la priant de s'y employer et d'en trouver le moyen. Elle soudain se dispose d'aller trouver mon frère, représentant au roi qu'il était nécessaire qu'elle m'y menât ; mais le roi n'y voulut consentir, estimant que je lui servirais d'un grand otage. Elle donc s'en va sans moi et sans m'en parler. Et mon frère, voyant que je n'y étais pas, lui représenta le juste mécontentement qu'il avait, et les indignités et mauvais traitements qu'il avait reçus à la Cour, y joignant celui de l'injure qu'on m'avait faite, m'ayant retenue captive, et de la cruauté que, pour m'offenser, on avait voulu faire à Thorigny, disant qu'il n'écouterait jamais nulle ouverture de paix que le tort que l'on m'avait fait ne fût réparé, et qu'il ne me vît satisfaite et en liberté.

La reine ma mère, voyant cette réponse, revint et représenta au roi la réponse de mon frère ; qu'il était nécessaire, s'il voulait une paix, qu'elle y retournât, mais que d'y aller sans moi, son voyage serait encore inutile et croîtrait plutôt le mal que de le diminuer ; qu'aussi, de m'y mener sans m'avoir premier[1] contentée, que j'y nuirais plutôt que d'y servir, et que même il serait à craindre qu'elle eût peine à me ramener, et que je voulusse aller trouver mon mari ; il fallait m'ôter les gardes, et trouver moyen de me faire oublier le traitement qu'on m'avait fait. Ce que le roi trouve bon, et s'y affectionne autant qu'elle. Soudain elle m'envoie quérir, me disant qu'elle avait tant fait qu'elle avait disposé les choses à la voie d'une paix ; que c'était le bien de cet État ; qu'elle savait que mon frère et moi avions toujours désiré qu'il se pût faire une paix si avantageuse pour mon frère, qu'il aurait occasion de rester content et hors de la tyrannie du Guast (et de tous autres tels malicieux qui pourraient posséder le roi) ; qu'outre, tenant la main à faire un bon accord entre le roi et mon frère, je la délivrerais d'un mortel ennui qui la posséderait, se trouvant en tel état qu'elle ne pouvait, sans mortelle offense, recevoir la nouvelle de la victoire de l'un ou de l'autre de ses fils ; qu'elle me priait que l'injure que j'avais reçue ne me fît désirer plutôt la vengeance que la paix ; que le roi en était marri, qu'elle l'en avait vu pleurer, et qu'il m'en ferait telle satisfaction que j'en resterais contente. Je lui répondis que je ne préférerais jamais mon bien particulier au bien de mes frères et de cet État, pour le repos et contentement duquel je me voudrais

1. D'abord.

sacrifier, que je ne souhaitais rien tant qu'une bonne paix, et que j'y voudrais servir de tout mon pouvoir.

Le roi entre sur cela en son cabinet, qui avec une infinité de belles paroles tâche à me rendre satisfaite, me conviant à une amitié, voyant que mes façons ni mes paroles ne démontraient aucun ressentiment de l'injure que j'avais reçue ; ce que je faisais plus pour le mépris de l'offense que pour satisfaction, ayant passé le temps de ma captivité au plaisir de la lecture, où je commençai lors à me plaire, n'ayant cette obligation à la Fortune, mais plutôt à la Providence divine, qui dès lors commença à me produire un si bon remède pour le soulagement des ennuis qui m'étaient préparés à l'avenir. Ce qui m'était aussi un acheminement à la dévotion, lisant en ce beau livre universel de la Nature tant de merveilles de son Créateur, que toute âme bien née, faisant de cette connaissance une échelle de laquelle Dieu est le dernier et le plus haut échelon, ravie, se dresse à l'adoration de cette merveilleuse lumière, splendeur de cette incompréhensible essence, et faisant un cercle parfait ne se plaît plus à autre chose qu'à suivre cette chaîne d'Homère, cette agréable encyclopédie, qui part de Dieu, [et] retourne à Dieu même, principe et fin de toutes choses. Et la tristesse, contraire à la joie qui emporte hors de nous les pensées de nos actions, réveille notre âme en soi-même, qui, rassemblant toutes ses forces pour rejeter le Mal et chercher le Bien, pense et repense sans cesse pour choisir ce souverain bien, auquel pour assurance elle puisse trouver quelque tranquillité. Qui sont de belles dispositions pour venir à la connaissance et amour de Dieu. Je reçus ces deux biens de la tristesse et de la solitude à ma première captivité, de me plaire à l'étude et m'adonner à la dévotion, biens que je n'eusse jamais goûtés entre les vanités et magnificences de ma prospère fortune. Le roi, comme j'ai dit, ne voyant en moi nulle apparence de mécontentement, me dit que la reine ma mère s'en allait trouver mon frère en Champagne pour traiter une paix, qu'il me priait de l'accompagner et y apporter tous les bons offices que je pourrais, et qu'il savait que mon frère avait plus de créance en moi que [en] tout autre ; que de ce qui viendrait de bien en cela, il m'en donnerait l'honneur et m'en resterait obligé. Je lui promis ce que je voulais faire (car c'était le bien de mon frère et celui de l'État), qui était de m'y employer en sorte qu'il en resterait content.

La reine ma mère part, et moi avec elle, pour aller à Sens, la conférence se devant faire en la maison d'un gentilhomme à une lieue de là. Le lendemain, nous allâmes au lieu de la conférence. Mon frère s'y trouva, accompagné de quelqu'une de ses troupes, et des principaux seigneurs et princes catholiques et huguenots de son armée, entre lesquels étaient le duc Casimir et le colonel Poné, qui lui avaient amené six mille reîtres par le moyen de ceux de la Religion qui s'étaient joints avec mon frère, à cause du roi mon mari. L'on traita là par plusieurs jours les conditions de la paix, y ayant plusieurs disputes sur les articles, principalement sur ceux qui concernaient ceux de la Religion, auxquels on accorda des conditions plus avantageuses qu'on n'avait envie de leur tenir, comme il parut bien depuis — le faisant la reine ma mère seulement pour avoir la paix, renvoyer les reîtres, et retirer mon frère d'avec eux (qui n'avait moins de désir de s'en séparer, pour avoir toujours été très catholique et ne s'être servi des huguenots que par nécessité). En cette paix, il fut donné partage à mon frère selon sa qualité, à quoi mon frère voulait que je fusse comprise, me faisant lors établir l'assignat de mon dot en terres ; et Monsieur de Beauvais, qui était député pour son parti, y insistait fort pour moi. Mais la reine ma mère me pria que je ne le permisse, et qu'elle m'assurait que j'aurais du roi ce que je lui demanderais ; ce qui me fit les prier de ne m'y comprendre, et que j'aimais mieux avoir de gré ce que j'aurais du roi et de la reine ma mère, estimant qu'il me serait plus assuré.

La paix étant conclue, les assurances prises d'une part et d'autre, la reine ma mère se disposant à s'en retourner, je reçus lettres du roi mon mari par lesquelles il me faisait paraître qu'il avait beaucoup de désir de me voir, me priant, soudain que je verrais la paix faite, de demander mon congé pour le venir trouver. J'en suppliai la reine ma mère. Elle me rejette cela et par toutes sortes de persuasions tâche de m'en divertir, me disant que, lorsqu'après la Saint-Barthélemy je ne voulus recevoir la proposition qu'elle me fit de me séparer de notre mariage, qu'elle loua lors mon intention parce qu'il s'était fait catholique ; mais qu'à cette heure qu'il avait quitté la religion catholique et qu'il s'était fait huguenot, elle ne pouvait permettre que j'y allasse. Et voyant que j'insistais toujours pour avoir mon congé, elle, avec la larme à l'œil, me dit que si je ne revenais avec elle, que je la ruinerais ; que le roi croirait qu'elle me l'eût fait faire, et qu'elle lui avait promis de me ramener, et qu'elle ferait que j'y demeurerais jusques à ce que mon frère y fût ; qu'il y viendrait bientôt, et que soudain après, elle me ferait donner mon congé.

Nous nous en retournâmes à Paris trouver le roi, qui nous reçut avec beaucoup de contentement d'avoir la paix, mais toutefois agréant peu les avantageuses conditions des huguenots, se délibérant bien, soudain qu'il aurait mon frère à la Cour, de trouver une invention pour rentrer en la guerre contre lesdits huguenots, pour ne les laisser jouir de ce qu'à regret et par force on leur avait accordé, seulement pour en retirer mon frère. Lequel demeura [sur place] un mois ou deux, pour donner ordre à renvoyer les reîtres et licencier le reste de son armée. Il arrive après à la Cour, avec toute la noblesse catholique qui l'avait assisté. Le roi le reçut avec honneur, montrant avoir beaucoup de contentement de le revoir, et fit bonne chère à Bussy, qui y était. Car Le Guast lors était mort[1], ayant été tué par un jugement de Dieu pendant qu'il suait à une diète — comme aussi c'était un corps gâté de toutes sortes de vilenies, qui fut donné à la pourriture qui dès longtemps le possédait, et son âme aux démons, à qui il avait fait hommage par magie et toutes sortes de méchancetés. Ce fusil de haine et de division étant ôté du monde, et le roi n'ayant son esprit bandé qu'à la ruine des huguenots, se voulant servir de mon frère contre eux pour rendre mon frère et eux irréconciliables, et craignant qu'à cette raison j'allasse trouver le roi mon mari, [il] nous faisait à l'un et à l'autre toutes sortes de caresses et de bonne chère pour nous faire plaire à la Cour. Et voyant qu'en ce même temps Monsieur de Duras était arrivé de la part du roi mon mari pour me venir quérir, et que je pressais fort de me laisser aller, qu'il n'y avait plus lieu de me refuser, il me dit (montrant que c'était l'amitié qu'il me portait et la connaissance qu'il avait de l'ornement que je donnais à la Cour qui faisait qu'il ne pouvait permettre que je m'en éloignasse que le plus tard qu'il pourrait) qu'il me voulait conduire jusques à Poitiers, et renvoya Monsieur de Duras avec cette assurance.

[Cependant] il demeure quelques jours à partir

1. Le Guast avait été assassiné en octobre de l'année précédente.

de Paris, retardant à me refuser ouvertement mon congé qu'il eût toutes choses prêtes pour pouvoir déclarer la guerre (comme il l'avait desseigné[1]) aux huguenots, et par conséquent au roi mon mari. Et pour y trouver un prétexte, on fait courir le bruit que les catholiques se plaignent des avantageuses conditions que l'on avait accordées aux huguenots à la Paix de Sens. Ce murmure et mécontentement des catholiques passe si avant qu'ils viennent à se liguer, à la Cour, par les provinces et par les villes, s'enrôlant et signant, et faisant grand bruit — tacitement du su du roi —, montrant vouloir élire Messieurs de Guise. Il ne se parle d'autre chose à la Cour depuis Paris jusques à Blois, où le roi avait fait convoquer les États, pendant l'ouverture desquels le roi appela mon frère en son cabinet, avec la reine ma mère et quelques-uns de Messieurs de son conseil. Il lui représente de quelle importance était pour son État et pour son autorité la Ligue que les catholiques commençaient, même s'ils venaient à se faire des chefs, et qu'ils élussent ceux de Guise ; qu'il y allait du leur plus que de tout autre, entendant de mon frère et de lui ; que les catholiques avaient raison de se plaindre, et que son devoir et sa conscience l'obligeaient à mécontenter plutôt les huguenots que les catholiques ; qu'il priait et conjurait mon frère, comme fils de France et bon

1. Comme il en avait eu le dessein.

catholique qu'il était, de le vouloir conseiller et assister en cette affaire, où il y allait du hasard de sa couronne et de la religion catholique. Ajoutant à cela qu'il lui semblait que, pour couper chemin à cette dangereuse Ligue, que lui-même s'en devait faire le chef, et pour montrer combien il avait de zèle à sa religion et les empêcher d'élire d'autres chefs, la signer le premier comme chef, et la faire signer à mon frère, et à tous les princes et seigneurs, gouverneurs et autres ayants charges en son royaume. Mon frère ne put lors que lui offrir le service qu'il devait à Sa Majesté et à la conservation de la religion catholique. Le roi, ayant pris assurance de l'assistance de mon frère en cette occasion — qui était la principale fin où tendait l'artifice de cette Ligue —, soudain fait appeler tous les princes et seigneurs de sa Cour, se fait apporter le rôle de ladite Ligue, s'y signe le premier comme chef, et y fait signer mon frère et tous les autres qui n'y avaient encore signé.

Le lendemain ils ouvrent les États, ayant pris l'avis de Messieurs les évêques de Lyon, d'Ambrun et de Vienne, et des autres prélats qui étaient à la Cour ; qui lui persuadèrent qu'après le serment qu'il avait fait à son sacre, nul serment qu'il pût faire aux hérétiques ne pouvait être valable, ledit serment de son sacre l'affranchissant de toutes les promesses qu'il avait pu faire aux huguenots. Ce qu'ayant prononcé à l'ouverture des États, et ayant déclaré la guerre aux huguenots, il renvoya Génissac, le huguenot qui depuis peu de jours était là de la part du roi mon mari pour avancer mon partement, avec paroles rudes, pleines de menaces, lui disant qu'il avait donné sa sœur à un catholique, non à un huguenot, que si le roi mon mari avait envie de m'avoir, qu'il se fît catholique.

[1577]

Les menaces de guerre se précisent. Marguerite souhaite rejoindre son mari en Gascogne mais Henri III continue de s'y opposer. En juin, le roi et sa mère partent pour Poitiers à la suite de l'armée tandis que Marguerite part pour les Flandres en grande compagnie, non sans regret de voir la guerre se préparer contre son mari. Elle a accepté de servir les intérêts de son frère François qui souhaite prendre le gouvernement des provinces catholiques occupées alors par l'Espagne. Elle fait étape à Cambrai, Valenciennes, Mons, Namur, Huy et Liège ; elle assiste aux fêtes que suscite son passage en compagnie de nombreux gouverneurs et baillis, de nobles flamands et de représentants de la couronne espagnole. Marguerite se montre très attentive aux manières des Flamands et des Espagnols, ainsi qu'à certains usages inconnus en France. Elle finit par atteindre Spa, célèbre ville d'eaux. C'est là que meurt l'une des dames de sa suite, Mlle de Tournon, dont le marquis de Varembon était tombé amoureux.

Toutes sortes de préparatifs à la guerre se font, et ne se parle à la Cour que de guerre ; et pour rendre mon frère plus irréconciliable avec les huguenots, le roi le fait chef d'une de ses armées. Génissac m'étant venu dire le rude congé que le roi lui avait donné, je m'en vais droit au cabinet de la reine ma mère, où le roi était, pour me plaindre de ce qu'il m'avait jusques alors abusée, m'ayant toujours empêchée d'aller trouver le roi mon mari, et ayant feint de partir de Paris pour me conduire à Poitiers pour faire un effet si contraire. Je lui représentai que je ne m'étais pas mariée pour plaisir ni de ma volonté, que ç'avait été de la volonté et autorité du roi Charles mon frère, de la reine ma mère et de lui ; que, puisqu'ils me l'avaient donné, qu'ils ne me pouvaient point empêcher de courre sa fortune ; que j'y voulais aller, que s'ils ne me le permettaient, je me déroberais, et irais de quelque façon que ce fût, au hasard de ma vie. Le roi me répondit : « Il n'est plus temps, ma sœur, de m'importuner de ce congé. J'avoue ce que vous dites, que j'ai retardé exprès pour vous le refuser du tout ; car depuis que le roi de Navarre s'est refait huguenot, je n'ai jamais trouvé bon que vous y allassiez. Ce que nous en faisons, la reine ma mère et moi, c'est pour votre bien. Je veux faire la guerre aux huguenots et exterminer cette misérable religion qui nous a fait tant de mal ; et que vous, qui êtes catholique, et qui êtes ma sœur, fussiez entre leurs mains comme otage de moi, il n'y a point d'apparence. Et qui sait, si pour me faire une indignité irréparable, ils voudraient se venger sur votre vie du mal que je leur ferai ? Non, non, vous n'irez point. Et si vous tâchez à vous dérober, comme vous dites, faites état que vous aurez et moi et la reine ma mère pour cruels ennemis ; et que nous vous ferons ressentir notre inimitié autant que nous en avons de pouvoir, en quoi vous empirerez la condition du roi votre mari plutôt que de l'amender. »

Je me retirai avec beaucoup de déplaisir de cette cruelle sentence, et prenant avis des principaux de la Cour, de mes amis et amies, ils me représentent qu'il me serait mal séant de demeurer en une Cour si ennemie du roi mon mari et d'où l'on lui faisait si ouvertement la guerre ; et qu'ils me conseillaient, pendant que cette guerre durerait, de me tenir hors de la Cour, même qu'il me serait plus honorable de trouver, s'il était possible, quelque prétexte pour sortir du royaume, ou sous couleur de pèlerinage, ou pour visiter quelqu'un de mes parents. Madame la princesse de La Roche-sur-Yon était de ceux que j'avais assemblés pour prendre leur avis, qui était sur son partement pour aller aux eaux de Spa. Mon frère aussi y était présent, qui avait amené avec lui Mondoucet, qui avait été agent du roi en Flandre, et, en étant depuis peu revenu, avait représenté au roi combien les Flamands souffraient à regret l'usurpation que l'Espagnol faisait sur les lois de France de la domination et souveraineté de Flandre, que plusieurs seigneurs et communautés de villes l'avaient chargé de lui faire entendre combien ils avaient le cœur français, et que tous lui tendaient les bras. Mondoucet voyant que le roi méprisait cet avis, n'ayant rien en la tête que les huguenots, à qui il voulait faire ressentir le déplaisir qu'ils lui avaient fait d'avoir assisté mon frère, ne lui en parle plus, et s'adresse à mon frère, qui, du vrai naturel de Pyrrus, n'aimait qu'à entreprendre choses grandes et hasardeuses, étant plus né à conquérir qu'à conserver, lequel embrasse soudain cette entreprise, qui lui plaît d'autant plus qu'il voit qu'il ne fait rien d'injuste, voulant seulement r'acquérir à la France ce qui lui était usurpé par l'Espagnol. Mondoucet pour cette cause s'était mis au service de mon frère, qui le renvoyait en Flandre sous couleur d'accompagner Madame la princesse de La Roche-sur-Yon aux eaux de Spa ; lequel, voyant que chacun cherchait quelque prétexte apparent pour me pouvoir tirer hors de France durant cette guerre — qui disait en Savoie, qui disait en Lorraine, qui à Saint-Claude, qui à Notre-Dame-de-Lorette —, dit tous bas à mon frère : « Monsieur, si la reine de Navarre pouvait feindre avoir quelque mal, à quoi les eaux de Spa, où va Madame la princesse de La Roche-sur-Yon, pussent servir, cela viendrait bien à propos pour votre entreprise de Flandre, où elle pour-

rait faire un beau coup. » Mon frère le trouva fort
bon, et fut fort aise de cette ouverture, et s'écria
soudain : « Ô reine, ne cherchez plus ! il faut que
vous alliez aux eaux de Spa, où va Madame la
princesse. Je vous ai vu quelquefois une érésipèle
au bras : il faut que vous disiez que lors les médecins vous l'avaient ordonné, mais que la saison n'y
était pas propre, qu'à cette heure c'est leur saison,
que vous suppliez le roi vous permettre d'y aller. »

Mon frère ne s'ouvrit pas davantage devant cette
compagnie pourquoi il le désirait, à cause que
Monsieur le cardinal de Bourbon y était, qui tenait
pour le Guisard et l'Espagnol ; mais moi, je l'enten-
dis soudain, me doutant bien que c'était pour
l'entreprise de Flandre, de quoi Mondoucet nous
avait parlé à tous deux. Toute la compagnie fut de
cet avis, et Madame la princesse de La Roche-sur-
Yon, qui devait y aller, et qui m'aimait fort, en reçut
fort grand plaisir, et me promit de m'y accompagner, et de se trouver avec moi quand j'en parle-
rais à la reine ma mère pour le lui faire trouver bon.

Lendemain, je trouvai la reine seule, et lui représentai le mal et déplaisir que ce m'était de voir le
roi mon mari en guerre contre le roi, et de me voir
éloignée de lui ; que, pendant que cette guerre
durerait, il ne m'était honorable ni bienséant de
demeurer à la Cour, que si j'y demeurais je ne
pourrais éviter de ces deux malheurs l'un : ou que
le roi mon mari penserait que j'y fusse pour mon
plaisir et que je lui servirais pas comme je devais,

ou que le roi prendrait soupçon de moi et croirait que j'avertirais toujours le roi mon mari ; que l'un et l'autre me produiraient beaucoup de mal ; que je la suppliais de trouver bon que je m'éloignasse de la Cour pour les éviter ; qu'il y avait quelque temps que les médecins m'avaient ordonné les eaux de Spa pour l'érésipèle que j'avais au bras, à quoi depuis si longtemps j'étais sujette, que la saison à cette heure y étant propre, il me semblait que si elle le trouvait bon, que ce voyage était bien à propos pour m'éloigner en cette saison, non seulement de la Cour, mais de France, pour faire connaître au roi mon mari que, ne pouvant être avec lui pour la défiance du roi, je ne voulais point être au lieu où on lui faisait la guerre ; que j'espérais qu'elle, par sa prudence, disposerait les choses avec le temps de telle façon que le roi mon mari obtiendrait une paix du roi et rentrerait en sa bonne grâce ; que j'attendrais cette heureuse nouvelle pour, lors, venir prendre congé d'eux pour aller trouver le roi mon mari ; et qu'en ce voyage de Spa, Madame la princesse de La Roche-sur-Yon, qui était là présente, me faisait cet honneur de m'accompagner. Elle approuva cette condition, et me dit qu'elle était fort aise que j'eusse pris cet avis ; que le mauvais conseil que les évêques avaient donné au roi de ne tenir ses promesses et rompre tout ce qu'elle avait promis et contracté pour lui, lui avait, pour plusieurs considérations, apporté beaucoup de déplaisir (même voyant que cet impétueux torrent entraînait avec soi et ruinait les plus capables et meilleurs serviteurs que le roi eût en son conseil, car le roi en éloigna quatre ou cinq des plus apparents et plus anciens), mais qu'entre tout cela, ce qui lui travaillait tant l'esprit était de voir ce que je lui représentais : que je ne pouvais éviter, demeurant à la Cour, l'un de ces deux malheurs, ou que le roi mon mari ne l'aurait agréable et s'en prendrait à moi, ou que le roi entrerait en défiance de moi, pensant que j'avertirais le roi mon mari ; qu'elle persuaderait au roi de trouver bon ce voyage — ce qu'elle fit. Et le roi m'en parla sans montrer d'en être en colère, étant assez content de m'avoir pu empêcher d'aller trouver le roi mon mari, qu'il hayait lors plus que toute chose du monde. Et commande que l'on dépêchât un courrier à don Juan d'Autriche, qui commandait pour le roi d'Espagne en Flandre, pour le prier de me bailler les passeports nécessaires pour passer librement aux pays de son autorité, parce qu'il fallait bien avant passer dans la Flandre pour aller aux eaux de Spa, qui étaient aux terres de l'évêché de Liège.

Cela résolu, nous nous séparâmes tous à peu de jours de là (lesquels mon frère employa à m'instruire des offices qu'il désirait de moi pour son entreprise de Flandre), le roi et la reine ma mère s'en allant à Poitiers, pour être plus près de l'armée de Monsieur de Mayenne qui assiégeait Brouage, et qui de là devait passer en Gascogne pour faire la guerre au roi mon mari ; mon frère s'en allant avec l'autre armée, de quoi il était chef, assiéger Issoire et les autres villes qu'il prit en ce temps-là ; moi en Flandre, accompagnée de Madame la princesse de La Roche-sur-Yon, de Madame de Tournon ma dame d'honneur, de Madame de Mouy de Picardie, de Madame la castellane de Milan, de Madamoiselle d'Atrie, de Madamoiselle de Tournon, et de sept ou huit autres filles ; et d'hommes, [de] Monsieur le cardinal de Lenoncourt, de Monsieur l'évêque de Langres, de Monsieur de Mouy, seigneur de Picardie, maintenant beau-père d'un frère de la reine Louise nommé le comte de Chaligny, et de mes premiers maîtres d'hôtel et de mes premiers écuyers, et autres gentilshommes de ma Maison. Cette compagnie plut tant aux étrangers qui la virent, et la trouvèrent si leste, qu'ils en eurent en beaucoup plus d'admiration la France. J'allais en une litière faite à piliers, doublée de velours incarnadin[1] d'Espagne, faite en broderie d'or et de soie nuée[2], à devise (cette litière toute vitrée et les vitres toutes faites à devises y ayant, ou à la doublure ou aux vitres, quarante devises toutes différentes, avec les mots en espagnol et italien, sur le soleil et ses effets), laquelle était suivie de la litière de Madame de La Roche-sur-Yon et de celle de Madame de Tournon ma dame

1. Rouge pâle.
2. Assortie.

d'honneur, et de dix filles à cheval avec leur gouvernante, et de six carrosses ou chariots où allait le reste des dames et filles d'elles et de moi.

Je passai par la Picardie, où les villes avaient commandement du roi de me recevoir selon [ce] que j'avais cet honneur de lui être, qui, en passant, me firent tout l'honneur que j'eusse pu désirer. Étant arrivée au Catelet, qui est un fort à trois lieues de la frontière de Cambrésis, l'évêque de Cambrai (qui était lors terre de l'Église et pays souverain), qui ne reconnaissait le roi d'Espagne que pour protecteur, m'envoya un gentilhomme pour savoir l'heure à laquelle je partirais, pour venir au devant de moi jusques à l'entrée de ses terres, où je le trouvai très bien accompagné, mais de gens qui avaient les habits et l'apparence de vrais Flamands, comme ils sont fort grossiers en ce quartier-là. L'évêque était de la Maison de Barlemont, une des principales de Flandre, mais qui avait le cœur espagnol, comme ils ont montré, ayant été ceux qui ont le plus assisté don Juan. Il ne laissa de me recevoir avec beaucoup d'honneur, et non moins de cérémonies espagnoles. Je trouvai cette ville de Cambrai, bien qu'elle ne fût bâtie de si bonne étoffe que les nôtres de France, beaucoup plus agréable, pour y être les rues et places beaucoup mieux proportionnées et disposées comme elles sont, et les églises très grandes et belles, ornement commun à toutes les villes de Flandre. Ce que je reconnus en cette ville [digne] d'estime et de remarque fut la citadelle, des plus belles et des mieux achevées de la chrétienté — ce que depuis elle fit bien éprouver aux Espagnols, étant sous l'obéissance de mon frère. Un honnête homme, nommé Monsieur d'Inchy, en était lors gouverneur, lequel en grâce, en apparence, et en toutes belles parties requises à un parfait cavalier, n'en devait rien à nos plus parfaits courtisans, ne participant nullement de cette naturelle rusticité qui semble être propre aux Flamands. L'évêque nous fit festin et nous donnant après souper le plaisir du bal, où il fit venir toutes les dames de la ville ; auquel ne se trouvant (s'étant retiré soudain après souper, pour être, comme j'ai dit, d'humeur cérémonieuse espagnole), Monsieur d'Inchy étant le plus apparent de sa troupe, il le laissa pour m'entretenir durant le bal, et pour après me mener à la collation de confitures — imprudemment, ce me semble, vu qu'il avait la charge de sa citadelle. J'en parle trop savante à mes dépens, pour avoir plus appris que je n'en désirais comme il se faut comporter à la garde d'une place forte[1].

La souvenance de mon frère ne me partant jamais de l'esprit, pour n'affectionner rien tant, je me ressouvins lors des instructions qu'il m'avait données. Et voyant la belle occasion qui m'était offerte pour lui faire un bon service en son entreprise de Flandre, cette ville de Cambrai et cette

1. En 1585, Marguerite de Valois avait en vain défendu Agen ; en 1591-1592, elle avait réussi à conserver Usson.

citadelle en étant comme la clef, je ne la laissai perdre, et employai tout ce que Dieu m'avait donné d'esprit à rendre Monsieur d'Inchy affectionné à la France, et particulièrement à mon frère. Dieu permit qu'il me réussît si bien que, se plaisant à mon discours, il délibéra de me voir le plus longtemps qu'il pourrait, et de m'accompagner tant que je serais en Flandre. Et pour cet effet, demanda congé à son maître de venir avec moi jusques à Namur, où don Juan d'Autriche m'attendait, disant qu'il désirait de voir les triomphes de cette réception. Ce Flamand espagnolisé fut néanmoins si mal avisé de le lui permettre... Pendant ce voyage, qui dura dix ou douze jours, il me parla le plus souvent qu'il pouvait, montrant ouvertement qu'il avait le cœur tout français, et qu'il ne respirait que l'heur d'avoir un si brave prince que mon frère pour maître et seigneur, méprisant la sujétion et domination de son évêque, qui, bien qu'il fût son souverain, n'était que gentilhomme comme lui (mais beaucoup son inférieur aux qualités et grâces de l'esprit et du corps).

Partant de Cambrai, j'allai coucher à Valenciennes, terre de Flandre, où Monsieur le comte de Lalain, Monsieur de Montigny son frère, et plusieurs autres seigneurs et gentilshommes jusques au nombre de deux ou trois cents, vinrent au devant de moi pour me recevoir au sortir des terres de Cambrésis, jusques où l'évêque de Cambrai m'avait conduite. Étant arrivée à Valenciennes, ville qui cède en force à Cambrai, et non en l'ornement des belles places et belles églises (où les fontaines et les horloges, avec industrie propre aux Allemands, ne donnaient peu de merveille à nos Français, ne leur étant commun de voir des horloges représenter une agréable musique de voix, avec autant de sortes de personnages que le petit château que l'on allait voir pour chose rare au faubourg Saint-Germain), Monsieur le comte de Lalain, cette ville étant de son gouvernement, fit festin aux seigneurs et gentilshommes de ma troupe, remettant à Mons à traiter les dames ; où sa femme, sa belle-sœur Madame d'Havrec, et toutes les plus apparentes et galantes dames m'attendaient pour me recevoir, [et] où le comte et toute sa troupe me conduisit le lendemain. Il se disait parent du roi mon mari, et était personne de grande autorité et de grands moyens, auquel la domination d'Espagne avait toujours été odieuse, en étant très offensé depuis la mort du comte d'Egmont[1], qui lui était proche parent. Et bien qu'il eût maintenu son gouvernement sans être entré en la ligue du prince d'Orange ni des huguenots, étant seigneur très catholique, il n'avait néanmoins jamais voulu voir don Juan, ni permettre que lui ni aucun de la part de l'Espagnol entrât en son gouvernement — don Juan ne l'ayant osé forcer de faire au contraire, craignant, s'il l'attaquait, de faire joindre la ligue

1. Il avait été exécuté en 1568 avec son ami, le comte de Hornes.

des catholiques de Flandre (que l'on nomme la ligue des États), à celle du prince d'Orange et des huguenots, prévoyant bien que cela lui donnerait autant de peine comme, depuis, ceux qui ont été pour le roi d'Espagne l'ont éprouvé.

Le comte de Lalain, étant tel, ne pouvait assez faire de démonstration du plaisir qu'il avait de me voir là ; et quand son prince naturel y eut été, il ne l'eût pu recevoir avec plus d'honneur et de démonstration de bienveillance et d'affection. Arrivant à Mons à la maison du comte de Lalain, où il me fit loger, je trouvai à la Cour la comtesse de Lalain sa femme, avec bien quatre-vingts ou cent dames du pays ou de la ville, de qui je fus reçue non comme une princesse étrangère, mais comme si j'eusse été leur naturelle dame, le naturel des Flamandes étant d'être privées[1], familières et joyeuses, [et] la comtesse de Lalain tenant ce naturel, mais ayant davantage un esprit grand et élevé, de quoi elle ne ressemblait moins à votre cousine que du visage et de la façon. Ce que [qui] soudain me donna soudain assurance qu'il me serait aisé de faire amitié avec elle, qui pourrait apporter de l'utilité à l'avancement du dessein de mon frère en Flandre, cette honnête femme possédant du tout son mari. Passant cette journée à entretenir toutes ces dames, je me rends principalement familière de la comtesse de Lalain, et le jour même nous contractons une étroite amitié.

1. Simples.

L'heure du souper venue, nous allons au festin et au bal, que le comte de Lalain continua tant que je fus à Mons ; qui fut plus que je ne pensais, estimant devoir partir dès le lendemain, mais cette honnête femme me contraignit de passer une semaine avec eux, ce que je ne voulais faire, craignant de les incommoder, mais il ne me fut possible de le persuader à son mari ni à elle, qui encore à toute force me laissèrent partir au bout de huit jours. Vivant avec telle privauté avec elle, elle demeura à mon coucher fort tard, et y eût demeuré davantage, mais elle faisait chose peu commune à personne de telle qualité, ce qui toutefois témoigne une nature accompagnée d'une grande bonté : elle nourrissait son petit fils de son lait. De sorte qu'étant le lendemain au festin, assise tout auprès de moi à la table, qui est le lieu où tous ceux de ce pays-là se communiquent avec plus de franchise, [moi] n'ayant l'esprit bandé qu'à mon but, qui n'était que d'avancer le dessein de mon frère, elle, parée et toute couverte de pierreries et de broderies, avec une robille à l'espagnole de toile d'or noire avec des bandes de broderie de canetille[1] d'or et d'argent, et un pourpoint de toile d'argent blanche en broderie d'or avec des gros boutons de diamants, habit approprié à l'office de nourrice, l'on lui apporta à la table son petit fils, emmailloté aussi richement qu'était vêtue la nour-

1. Avec une parure brodée de fils d'or et d'argent.

rice, pour lui donner à téter. Elle le met entre nous deux sur la table, et librement se déboutonne, baillant son tétin à son petit, ce qui eût été tenu à incivilité à quelque autre ; mais elle le faisait avec tant de grâce et de naïveté (comme toutes ses actions en étaient accompagnées) qu'elle en reçut autant de louanges que la compagnie de plaisir.

Les tables levées, le bal commença à la salle même où nous étions, qui était grande et belle, où étant assises l'une auprès de l'autre, je lui dis [qu']encore que le contentement que je recevais lors en cette compagnie se pût mettre au nombre de ceux qui m'en avaient plus fait ressentir, que je souhaitais presque ne l'avoir point reçu, pour le déplaisir que je recevrais, partant d'avec elle, de voir que la Fortune nous tiendrait pour jamais privées du plaisir de nous voir ensemble ; que je tenais pour un des malheurs de ma vie que le ciel ne nous eût fait naître, elle et moi, d'une même patrie. Ce que je disais pour la faire entrer aux discours qui pouvaient servir au dessein de mon frère. Elle me répondit : « Ce pays a été autrefois de France, et à cette cause l'on y plaide encore en français ; et cette affection naturelle n'est pas encore sortie du cœur de la plupart de nous. Pour moi, je n'ai plus autre chose en l'âme, depuis avoir eu cet honneur de vous voir. Ce pays a été autrefois très affectionné à la Maison d'Autriche, mais cette affection nous a été arrachée en la mort du comte d'Egmont, de Monsieur d'Hornes, de Monsieur de Montigny, et des autres seigneurs qui furent lors défaits, qui étaient nos proches parents et appartenant à la plupart de la noblesse de ce pays. Nous n'avons rien de plus odieux que la domination de ces Espagnols, et ne souhaitons rien tant que de nous délivrer de leur tyrannie ; et ne savons toutefois comme y procéder, pour ce que ce pays est divisé à cause des différentes religions. Si nous étions tous unis, nous aurions bientôt jeté l'Espagnol dehors ; mais cette division nous rend trop faibles. Plût à Dieu qu'il prît envie au roi de France, votre frère, de r'acquérir ce pays, qui est sien d'ancienneté ! Nous lui tendrions tous les bras. »

Elle ne me disait ceci à l'improviste, mais préméditément, pour trouver du côté de la France, quelque remède à leurs maux. Moi, me voyant le chemin ouvert à ce que je désirais, je lui répondis : « Le roi de France mon frère n'est d'humeur pour entreprendre des guerres étrangères, même ayant en son royaume le parti des huguenots, qui est si fort que cela l'empêchera toujours de rien entreprendre dehors. Mais mon frère, Monsieur d'Alençon, qui ne doit rien en valeur, prudence et bonté, aux rois mes père et frères, entendrait bien à cette entreprise, et n'aurait moins de moyens que le roi de France mon frère de vous y secourir. Il est nourri aux armes et estimé un des meilleurs capitaines de notre temps, étant même à cette heure commandant l'armée du roi contre les huguenots, avec laquelle il a pris, depuis que je suis partie, sur eux, une très forte ville nommée Issoire, et quelques autres. Vous ne sauriez appeler prince de qui le secours vous soit plus utile, pour vous être si voisin, et avoir si grand royaume que celui de France à sa dévotion, duquel il peut tirer et moyens et toutes commodités nécessaires à cette guerre. Et s'il recevait ce bon office de Monsieur le comte votre mari, vous vous pouvez assurer qu'il aurait telle part à sa fortune qu'il voudrait, mon frère étant d'un naturel doux, non ingrat, qui ne se plaît qu'à reconnaître un service ou un bon office reçu. Il honore et chérit les gens d'honneur et de valeur, aussi est-il suivi de tout ce qui est de meilleur en France. Je crois que l'on traitera bientôt d'une paix en France avec les huguenots, et qu'à mon retour en France je la pourrai trouver faite. Si Monsieur le comte votre mari est en ceci de même opinion que vous et de même volonté, qu'il avise s'il veut que j'y dispose mon frère, et je m'assure que ce pays, et votre Maison en particulier, en recevra toute félicité. Si mon frère s'établissait par votre moyen ici, vous pourriez croire que vous m'y trouveriez souvent, étant notre amitié telle qu'il n'y en eût jamais, de frère à sœur, si parfaite. » Elle reçoit avec beaucoup de contentement cette ouverture, et me dit qu'elle ne m'avait pas parlé de cette façon à l'aventure, mais, voyant l'honneur que je lui faisais de l'aimer, elle avait bien résolu de ne me laisser partir de là qu'elle ne me découvrît l'état auquel ils étaient, et qu'ils ne me requissent de leur apporter du côté de France quelque remède pour les affranchir de la crainte où ils vivaient, de se voir en une perpétuelle guerre ou réduits sous la tyrannie espagnole ; me priant que je trouvasse bon qu'elle découvrît à son mari tous les propos que nous avions eus, et qu'ils m'en pussent parler le lendemain tous deux ensemble — ce que je trouvai très bon. Nous passâmes cette après-dînée en tels discours, et en tous autres que je pensais servir à ce dessein, à quoi je voyais qu'elle prenait un grand plaisir.

Le bal étant fini, nous allâmes ouïr vêpres aux chanoinesses, qui est un ordre de quoi nous n'avons point en France. Ce sont toutes damoiselles que l'on y met petites pour faire profiter leur mariage[1] jusques à ce qu'elles soient en âge de se marier. Elles ne logent pas en dortoir, mais en maisons séparées, toutefois toutes dans un enclos, comme les chanoines ; et en chaque maison il y en a trois ou quatre, [ou] cinq ou six jeunes avec une vieille, desquelles vieilles il y en a quelque nombre qui ne se marient point, ni aussi l'abbesse. Elles portent seulement l'habit de religion le matin au service de l'église, et l'après-dînée à vêpres ; et soudain que le service est fait, elles quittent l'habit, et s'habillent comme les autres filles à marier, allant par les festins et par les bals librement comme les autres — de sorte qu'elles s'habillent quatre fois le jour. Elles

1. Dot.

se trouvèrent tous les jours au festin et au bal, et y dansèrent d'ordinaire.

Il tardait à la comtesse de Lalain que le soir ne fût venu pour faire entendre à son mari le bon commencement qu'elle avait donné à leurs affaires. Ce qu'ayant fait la nuit suivante, le lendemain elle m'amène son mari, qui, me faisant un grand discours des justes occasions qu'il avait de s'affranchir de la tyrannie de l'Espagnol (en quoi il ne pensait point entreprendre contre son prince naturel, sachant que la souveraineté de la Flandre appartenait au roi de France), me représente les moyens qu'il y avait d'établir mon frère en Flandre, ayant tout le Hainaut à sa dévotion, qui s'étendait jusques bien près de Bruxelles. Il n'était en peine que du Cambrésis, qui était entre la Flandre et le Hainaut, me disant qu'il serait bon de gagner Monsieur d'Inchy, qui était encore là avec moi. Je ne lui voulais découvrir la parole que j'avais de Monsieur d'Inchy, mais lui dis que je le priais lui-même de s'y employer, ce qu'il pourrait mieux faire que moi, étant son voisin et ami. Et lui ayant assuré de l'état qu'il pouvait faire de l'amitié et bienveillance de mon frère, à la fortune duquel il participerait [avec] autant de grandeur et d'autorité que méritait un si grand et si signalé service reçu de personne de sa qualité, nous résolûmes qu'à mon retour je m'arrêterais chez moi à La Fère, où mon frère viendrait, et que là, Monsieur de Montigny, frère du comte de Lalain, viendrait traiter avec mon frère de cette affaire.

Pendant que je fus là, je le confirmai et fortifiai toujours en cette volonté, à quoi sa femme apportait non moins d'affection que moi. Le jour venu qu'il me fallait partir de cette belle compagnie de Mons, ce ne fut sans réciproque regret, et de toutes les dames flamandes et de moi, et surtout de la comtesse de Lalain, pour l'amitié très grande qu'elle m'avait vouée. Et me faisant promettre qu'à mon retour je passerais par là, je lui donnai un carcan de pierreries, et à son mari un cordon et enseigne de pierreries, qui furent estimés de grande valeur, mais beaucoup chéris d'eux pour partir de la main d'une personne qu'ils aimaient comme moi. Toutes les dames demeurèrent là, fors Madame d'Havrec qui vint à Namur, où j'allais coucher ce jour-là ; où son mari et son beau-frère Monsieur le duc d'Arschot étaient, y ayant toujours demeuré depuis la paix entre le roi d'Espagne et les États de Flandre. Car bien qu'ils fussent du parti des états, le duc d'Arschot, en vieil courtisan des plus galants qui fussent de la Cour du roi Philippe du temps qu'il était en Flandre et en Angleterre, se plaisait toujours à la Cour auprès des grands. Le comte de Lalain avec toute la noblesse me conduisit le plus avant qu'il pût, bien deux lieues hors de son gouvernement, et jusques à tant que l'on vît paraître la troupe de don Juan. Lors il prit congé de moi, pour ce, comme j'ai dit, qu'ils ne se voyaient point. Monsieur d'Inchy seulement vint avec moi, pour être son maître l'évêque de Cambrai du parti d'Espagne.

Cette belle et grande troupe s'en étant retournée, ayant fait peu de chemin, je trouvai don Juan d'Autriche accompagné de force estafiers, mais seulement de vingt ou trente chevaux, ayant avec lui de seigneurs le duc d'Arschot, Monsieur d'Havrec, le marquis de Varembon et le jeune Balençon, gouverneur pour le roi d'Espagne du comté de Bourgogne, qui, galants et honnêtes hommes, étaient venus en poste pour se trouver là à mon passage. Des domestiques de don Juan, n'y en avait de nom ni d'apparence qu'un Ludovic de Gonzague, qui se disait parent du duc de Mantoue. Le reste était de petites gens de mauvaise mine, n'y ayant nulle noblesse de Flandre. Il mit pied à terre pour me saluer dans ma litière, qui était relevée et toute ouverte. Je le saluai à la française, lui, le duc d'Arschot et Monsieur d'Havrec. Après quelques honnêtes paroles, il remonta à cheval, parlant toujours à moi jusques à la ville, où nous ne pûmes arriver qu'il ne fût soir, pour ne m'avoir les dames de Mons permis partir que le plus tard qu'ils [elles] purent, même m'ayant amusée dans ma litière plus d'une heure à la considérer, prenant un extrême plaisir à se faire donner l'intelligence des devises. L'ordre toutefois fut si beau à Namur (comme les Espagnols sont excellents en cela), et la ville se trouva si éclaircie, que les fenêtres et boutiques étant pleines de lumière, l'on voyait luire un nouveau jour.

Ce soir[-là], don Juan fit servir et moi et mes gens dans les logis et les chambres, estimant qu'après une longue journée il n'était raisonnable de nous incommoder d'aller à un festin. La maison où il me logea était accommodée pour me recevoir, où l'on avait trouvé moyen d'y faire une belle et grande salle, et un appartement pour moi de chambres et de cabinets, le tout tendu des plus beaux, riches et superbes meubles que je pense jamais avoir vus, étant toutes les tapisseries de velours ou de satin, avec de grosses colonnes faites de toile d'argent, couvertes de broderies, de gros cordons et de godrons de broderies d'or, élevés de la plus riche et belle façon qui se pût voir ; et au milieu de ces colonnes, des grands personnages habillés à l'antique et faits de la même broderie. Monsieur le cardinal de Lenoncourt, qui avait l'esprit curieux et délicat, s'étant rendu familier du duc d'Arschot (vieil courtisan, comme j'ai dit, d'humeur galante et belle, tout l'honneur certes de la troupe de don Juan), considérant un jour que nous fûmes là ces magnificences et superbes meubles, lui dit : « Ces meubles me semblent plutôt être d'un grand roi que d'un jeune prince à marier, tel qu'est le seigneur don Juan. » Le duc d'Arschot lui répondit : « Ils ont été faits, aussi, de fortune, et non de prévoyance ni d'abondance, les étoffes lui en ayant été envoyées par un pacha du Grand

Seigneur, duquel, en la notable victoire qu'il eût contre le Turc, il avait eu pour prisonniers les enfants ; et le seigneur don Juan lui ayant fait courtoisie de les lui renvoyer sans rançon, le pacha, pour revanche, lui fit présent d'un grand nombre d'étoffes de soie, d'or et d'argent, qui, lui arrivant étant à Milan où l'on approprie mieux telles choses, il en fit faire les tapisseries que vous voyez ; où, pour la souvenance de la glorieuse façon de quoi il les avait acquises, il fit faire le lit et la tente de la chambre de la reine en broderies représentant la glorieuse victoire de la bataille navale qu'il avait gagnée sur les Turcs. »

Le matin étant venu, don Juan nous fit ouïr une messe à la façon d'Espagne, avec musique, violons et cornets. Et allant de là au festin de la grande salle, nous dînâmes lui et moi seuls en une table, la table du festin où étaient les dames et seigneurs éloignée trois pas de la nôtre, où Madame d'Havrec faisait l'honneur de la maison pour don Juan, lui se faisant donner à boire à genoux par Ludovic de Gonzague. Les tables levées, le bal commença, qui dura toute l'après-dînée. Le soir se passe de cette façon, don Juan parlant toujours à moi, et me disant souvent qu'il voyait en moi la ressemblance de la reine sa *signora*, qui était la feue reine ma sœur[1], qu'il avait beaucoup honorée, me témoignant, par tout l'honneur et courtoisie qu'il pou-

1. La femme de Philippe II, morte en 1568.

vait faire à moi et à toute ma troupe, qu'il recevait très grand plaisir de me voir là. Les bateaux où je devais aller par la rivière de Meuse jusques au Liège ne pouvant être si tôt prêts, je fus contrainte de séjourner le lendemain ; où ayant passé toute la matinée comme le jour devant, l'après-dînée, nous mettant dans un très beau bateau sur la rivière, environné d'autres bateaux pleins de hautbois, cornets et violons, nous abordâmes en une île où don Juan avait fait apprêter le festin dans une salle faite exprès de lierre, accommodée de cabinets autour, remplis de musique et hautbois et [autres] instruments, qui dura tout le long du souper. Les tables levées, le bal ayant duré quelques heures, nous nous en retournâmes dans le même bateau qui nous avait conduits jusques là, et lequel don Juan m'avait fait préparer pour mon voyage.

Le matin, [moi] voulant partir, don Juan m'accompagne jusques dans le bateau, et après un honnête et courtois adieu, il me baille pour m'accompagner jusques à Huy où j'allais coucher, première ville de l'évêque du Liège, Monsieur et Madame d'Havrec. Don Juan sorti, Monsieur d'Inchy demeure là le dernier dans le bateau, qui, n'ayant congé de son maître de me conduire plus loin, prend congé de moi avec autant de regrets que de protestations d'être à jamais serviteur de mon frère et de moi. La Fortune envieuse et traître ne pouvant supporter la gloire d'une si heureuse fortune qui m'avait accompagnée jusques là en ce voyage, me donne [alors] deux sinistres augures des traverses que, pour contenter son envie, elle me préparait à mon retour. Dont le premier fut que, soudain que le bateau commença à s'éloigner du bord, Madamoiselle de Tournon, fille de Madame de Tournon ma dame d'honneur, damoiselle très vertueuse, et accompagnée des grâces que j'aimais fort, prend un mal si étrange que tout soudain il la met aux hauts cris pour la violente douleur qu'elle ressentait, qui provenait d'un serrement de cœur qui fut tel, que les médecins n'eurent jamais moyen d'empêcher que, peu de jours après que je fus arrivée au Liège, la mort ne la ravît ; j'en dirai la funeste histoire en son lieu, pour être remarquable. L'autre est qu'arrivant à Huy, ville située sur le pendant d'une montagne dont les plus bas logis mouillaient le pied dans l'eau, il s'émut un torrent si impétueux, descendant des ravages d'eau de la montagne en la rivière, que, la grossissant tout d'un coup comme notre bateau arrivait, nous n'eûmes presque loisir de sauter à terre, et courant tant que nous pûmes pour gagner le haut de la montagne, que la rivière fut aussi tôt que nous à la plus haute rue, auprès de mon logis qui était le plus haut. Où il nous fallut contenter ce soir[-là] de ce que le maître de la maison pouvait avoir, n'ayant moyen de pouvoir tirer des bateaux ni mes gens ni mes hardes, ni moins d'aller par la ville, qui était comme submergée dans ce déluge, [et] duquel elle ne fut avec moins de merveille délivrée que saisie ; car au point du jour, l'eau était toute retirée et remise en son lieu naturel.

Partant, Monsieur et Madame d'Havrec s'en retournèrent à Namur trouver don Juan, et moi je me remis dans mon bateau pour aller ce jour-là coucher au Liège, où l'évêque qui en est seigneur me reçut avec tout l'honneur et démonstration de bonne volonté qu'une personne courtoise et bien affectionnée peut témoigner. C'était un seigneur accompagné de beaucoup de vertus, de prudence, de bonté, et qui parlait bien français, agréable de sa personne, honorable, magnifique et de compagnie fort agréable, accompagné d'un chapitre et plusieurs chanoines, tous fils de ducs, comtes, et grands seigneurs d'Allemagne (pour ce que cet évêché, qui est un État souverain de grand revenu, d'assez grande étendue, rempli de beaucoup de bonnes villes, s'obtient par élection, et faut qu'ils demeurent un an résidants et qu'ils soient nobles pour y être reçus chanoines). La ville est plus grande que Lyon, et est presque en même assiette (la rivière de Meuse passant au milieu), très bien bâtie, n'y ayant maison de chanoine qui ne paraisse un beau palais, les rues grandes et larges, les places belles, accompagnées de très belles fontaines, les églises ornées de tant de marbre (qui se tire près de là) qu'elles en paraissent toutes [construites], les horloges (faites avec l'industrie d'Allemagne) chantant et représentant toutes sortes de musique et de personnages. L'évêque, m'ayant reçue sortant de mon bateau, me conduisit en son plus beau palais, d'où il s'était délogé pour me loger, qui est, pour une maison de ville, le plus beau et le plus commode palais qui se puisse voir, ayant plusieurs galeries, jardins, fontaines — le tout tant peint, tant doré, accommodé avec tant de marbre, qu'il n'y a rien de plus magnifique ni plus délicieux.

Les eaux de Spa n'étant qu'à trois ou quatre lieues de là, n'y ayant auprès qu'un petit village de trois ou quatre méchantes petites maisons, Madame la princesse de La Roche-sur-Yon fut conseillée par les médecins de demeurer au Liège et d'y faire apporter son eau, l'assurant qu'elle aurait autant de force et de vertu étant portée la nuit, avant que le soleil fût levé ; de quoi je fus fort aise, pour faire notre séjour en lieu plus commode et en si bonne compagnie. Car outre celle de Sa Grâce (ainsi appelle-t-on l'évêque de Liège, comme on appelle un roi Sa Majesté et un prince Son Altesse), le bruit ayant couru que je passais par là, plusieurs seigneurs et dames d'Allemagne y étaient venus pour me voir, et entre autres Madame la comtesse d'Arenberg, qui est celle qui avait eu l'honneur de conduire la reine Élisabeth[1] à ses noces à Mézières lorsqu'elle vint épouser le roi Charles mon frère, et sa sœur aînée au roi d'Espagne son mari, femme qui était tenue en grande estime de l'impératrice, de l'empe-

---

1. Élisabeth d'Autriche, que Charles IX avait épousée en 1570.

reur et de tous les princes chrétiens ; sa sœur
Madame la Landgrave, Madame d'Arenberg sa fille,
Monsieur d'Arenberg son fils, très honnête et galant
homme, vive image de son père, qui amenant le
secours d'Espagne au roi Charles mon frère, s'en
retourna avec beaucoup d'honneur et de réputation.

Cette arrivée, toute pleine d'honneur et de joie,
eût été encore plus agréable sans le malheur de la
mort qui arriva à Madamoiselle de Tournon, de
qui l'histoire étant si remarquable, je ne puis omet-
tre à la raconter, faisant cette digression à mon discours. Madame de Tournon, qui était lors ma
dame d'honneur, avait plusieurs filles, desquelles
l'aînée avait épousé Monsieur de Balençon, gouverneur pour le roi d'Espagne au comté de Bourgogne ; et s'en allant à son ménage, [celle-ci] pria
sa mère Madame de Tournon de lui bailler sa
sœur Madamoiselle de Tournon, pour la nourrir
avec elle et lui tenir compagnie en ce pays où elle
était éloignée de tous ses parents. Sa mère lui
accorde. Et y ayant demeuré quelques années en
se faisant agréable et aimable (car elle était plus
que belle, sa principale beauté étant la vertu et la
grâce), Monsieur le marquis de Varembon, de
quoi j'ai parlé ci-devant, lequel était lors destiné à
être d'Église, demeurant avec son frère Monsieur
de Balençon en même maison, devint, par l'ordinaire fréquentation qu'il avait avec Madamoiselle
de Tournon, fort amoureux d'elle ; et n'étant point
obligé à l'Église, il désire l'épouser. Il en parle aux

parents d'elle et de lui. Ceux du côté d'elle le trouvent bon ; mais son frère Monsieur de Balençon, estimant lui être plus utile qu'il fût d'Église, fait tant qu'il empêche cela, s'opiniâtrant à lui faire prendre la robe longue. Madame de Tournon, très sage et très prudente femme, s'offensant de cela, ôte sa fille Mademoiselle de Tournon, d'avec sa sœur Madame de Balençon, et la reprend avec elle. Et comme elle était femme un peu terrible et rude, sans avoir égard que cette fille était grande et méritait un plus doux traitement, elle la gourmande et la crie sans cesse, ne lui laissant presque jamais l'œil sec, bien qu'elle ne fît nulle action qui ne fût très louable — mais c'était la sévérité naturelle de sa mère.

Elle, ne souhaitant que de se voir hors de cette tyrannie, reçut une extrême joie quand elle vit que j'allais en Flandre, pensant bien que le marquis de Varembon s'y trouverait, comme il fit, et qu'étant lors en état de se marier, ayant du tout quitté la robe longue, il la demanderait à sa mère, et que par le moyen de ce mariage elle se trouverait délivrée des rigueurs de sa mère. À Namur, le marquis de Varembon et le jeune Balençon son frère s'y trouvèrent, comme j'ai dit. Le jeune de Balençon, qui n'était pas (de beaucoup) si agréable que l'autre, accoste cette fille, la recherche ; et le marquis de Varembon, tant que nous fûmes à Namur, ne fait pas seulement semblant de la connaître... Le dépit, le regret, l'ennui lui serrent tellement le cœur — elle s'étant contrainte de faire bonne mine tant qu'il fut présent, sans montrer de s'en soucier — soudain qu'ils furent hors du bateau où ils nous dirent adieu, qu'elle se trouve tellement saisie qu'elle ne pût plus respirer qu'en criant, et avec des douleurs mortelles. N'ayant nulle autre cause de son mal, la jeunesse combat huit ou dix jours la Mort, qui, armée du dépit, se rend enfin victorieuse, la ravissant à sa mère et à moi, qui n'en fîmes moins de deuil l'une que l'autre. Car sa mère, bien qu'elle fût fort rude, l'aimait uniquement.

Ses funérailles étant commandées, les plus honorables qu'il se pouvait faire — pour être de grande maison comme elle était, même appartenant à la reine ma mère —, le jour venu de son enterrement, l'on ordonne quatre gentilshommes des miens pour porter le corps, l'un desquels était La Bussière, qui l'avait durant sa vie passionnément adorée sans le lui avoir osé découvrir, pour la vertu qu'il connaissait en elle et pour l'inégalité, qui lors allait portant ce mortel faix et mourant autant de fois de sa mort qu'il était mort de son amour. Ce funeste convoi étant au milieu de la rue qui allait à la grande église, le marquis de Varembon, coupable de ce triste accident, quelques jours après mon partement de Namur s'étant repenti de sa cruauté, et son ancienne flamme s'étant de nouveau rallumée (ô étrange fait !) par l'absence, qui par la présence n'avait pu être émue, se résout de

la venir demander à sa mère, se confiant peut-être
à la bonne fortune qui l'accompagne d'être aimé
de toutes celles qu'il recherche — comme il lui a
paru depuis peu en une grande, qu'il a épousée
contre la volonté de ses parents. Et se promettant
que la faute lui serait aisément pardonnée de sa
maîtresse, répétant souvent ces mots italiens *che la
forza d'amore non risguarda al delitto*, prie don Juan
lui donner une commission vers moi ; et venant
en diligence il arrive justement sur le point que ce
corps, aussi malheureux qu'innocent et glorieux
en sa virginité, était au milieu de cette rue. La presse
de cette pompe l'empêche de passer. Il regarde
que c'est. Il avise de loin, au milieu d'une grande
et triste troupe de personnes en deuil, un drap
blanc couvert de chapeaux de fleurs. Il demande
que c'est. Quelqu'un de la ville lui répond que
c'était un enterrement. Lui, trop curieux s'avance
jusques au premier du convoi et importunément
presse de lui dire de qui c'est. Ô mortelle réponse !
L'Amour ainsi vengeur de l'ingrate inconstance
veut faire éprouver à son âme ce que, par son
dédaigneux oubli, il a fait souffrir au corps de sa
maîtresse : les traits de la Mort. Cet ignorant qu'il
pressait lui répond que c'était Mademoiselle de
Tournon. À ce mot, il se pâme et tombe de cheval, il le faut emporter en un logis comme mort.
Voulant plus justement, en cette extrémité, lui
rendre l'union en la mort que trop tard en la vie
il lui avait accordée, son âme, que je crois, allant
dans le tombeau requérir pardon à celle que son

dédaigneux oubli y avait mise, le laissa quelque temps sans aucune apparence de vie ; d'où étant revenu, l'anima de nouveau pour lui faire éprouver la Mort qui, d'une seule fois, n'eût assez puni son ingratitude.

Ce triste office étant achevé, me voyant en une compagnie étrangère, je ne voulais l'ennuyer de la tristesse que je ressentais de la perte d'une si honnête fille. Et étant conviée ou par l'évêque (dit Sa Grâce), ou par ses chanoines, d'aller en festins en diverses maisons et divers jardins, comme il y en a dans la ville et dehors de très beaux, j'y allai tous les jours, accompagnée de l'évêque et [des] dames et seigneurs étrangers, comme j'ai dit, lesquels venaient tous les matins en ma chambre pour m'accompagner au jardin où j'allais pour prendre mon eau. Car il faut la prendre en pourmenant[1]. Et bien que le médecin qui me l'avait ordonnée était mon frère, elle ne laissa toutefois de me faire [du] bien, ayant depuis demeuré six ou sept ans sans me sentir de l'érésipèle de mon bras... Partant de là, nous passions la journée ensemble, allant dîner à quelque festin, où après le bal nous allions à vêpres en quelque religion, et après souper se passait de même, au bal ou dessus l'eau avec la musique.

Six semaines s'écoulèrent de la façon, qui est le temps ordinaire que l'on a accoutumé de prendre des eaux, et qui était ordonné à Madame la princesse de La Roche-sur-Yon.

1. En se promenant.

Appendices

Éléments biographiques[1]

1553. Naissance de Marguerite, sixième enfant de Catherine de Médicis et d'Henri II. Trois de ses frères,
François, Charles et Henri, seront rois ; le quatrième,
François, duc d'Alençon, avec lequel elle est très
liée, mourra à l'âge de trente ans.

1559. Mort d'Henri II des suites d'une blessure reçue à
un tournoi.

1560. Mort de François II, époux de Marie Stuart. Charles IX, âgé de dix ans, lui succède sous la régence
de sa mère. Marguerite reçoit une éducation extrêmement soignée : elle parle bientôt couramment le
latin, l'espagnol et l'italien ; elle danse, joue de la
musique et sa grande beauté lui attire très tôt les
éloges des poètes du temps.

1572. Mariage de Marguerite avec Henri de Navarre le
18 août (le huguenot l'accompagne jusqu'au seuil
de Notre-Dame, l'accepte pour épouse mais n'entend
pas la messe). « La Fortune, qui ne laisse jamais une

---

1. Nous reprenons ici quelques informations données par Éliane Viennot dans *Marguerite de Valois. Histoire d'une femme, histoire d'un mythe* et
empruntons quelques citations aux *Mémoires et Discours* de Marguerite
de Valois qu'elle a édités (voir bibliographie).

félicité entière, changea bientôt cet heureux état de triomphe et de noces en un tout contraire, par cette blessure de l'amiral [de Montmorency], qui offensa tellement tous ceux de la Religion, que cela les mit comme en un désespoir. » Charles IX, craignant la vengeance des huguenots, ordonne le massacre de leurs chefs. Cette version, donnée par Marguerite, n'est pas exacte : en réalité le roi craint une émeute catholique et décide de donner des gages de sa bonne volonté en autorisant l'assassinat de quelques chefs huguenots. C'est le début de la Saint-Barthélemy qui, commencée au palais du Louvre, gagne tout Paris où la tuerie se poursuit durant plusieurs jours ; elle s'étend ensuite en province où elle sévit pendant plusieurs mois. Henri de Navarre se convertit au catholicisme.

1574. Mort de Charles IX. Henri, qui s'est sauvé de Pologne dont il avait été fait roi peu de temps auparavant, lui succède sous le nom d'Henri III. Marguerite de Valois plaide en faveur de son mari soupçonné de complot et rédige la *Déclaration du roi de Navarre* adressée à Catherine de Médicis dans laquelle elle fait valoir l'attitude contradictoire adoptée par la couronne à son égard. Au nom d'Henri, elle conclut en ces termes : « Et qu'il plaise au roi et à vous me vouloir dorénavant faire tant de bien et d'honneur que de me traiter comme étant ce que je vous suis, et qui n'a d'autre volonté que vous être pour jamais à tous deux très humble, très obéissant et très fidèle serviteur. » Elle s'éprend de Bussy d'Amboise.

1575. Fuite du duc d'Alençon brouillé avec son frère Henri. Soupçonnée d'être sa complice, Marguerite est assignée à résidence au Louvre.

1576. Fuite d'Henri de Navarre qui regagne son fief.

Nouvelle assignation à résidence de Marguerite qui souhaite pourtant rejoindre son mari.

1577. De juin à novembre, voyage en Flandres pour plaider la cause du duc d'Alençon, pressenti pour occuper le poste de gouverneur à la place de l'occupant espagnol.

1578. Marguerite rejoint enfin son mari en Gascogne. Séjour à la cour de Nérac.

1582-1583. Retour à Paris et séjour à la cour. La reine, amoureuse de Jacques de Harlay, seigneur de Champvallon, lui adresse de nombreuses lettres : « Je hais ma vie pour sa misère, écrit-elle ; mais j'aimerais mon nom, si l'invoquant il vous pouvait causer quelque bonheur. Je me sers, mon beau cœur, souvent en mes ennuis de pareille recette. »

1584. Mort du duc d'Alençon. Rentrée à Nérac, Marguerite vit quasiment répudiée de son mari, qui réside alors à Pau avec la comtesse de Guiche, dite « Corisande ».

1585. Alençon mort, la guerre de succession à Henri III (qui n'a toujours pas d'héritiers) commence. Navarre est sur les rangs mais il est excommunié par le pape comme huguenot. Marguerite l'abandonne et s'installe à Agen puis s'enfuit à Carlat.

1586. Marguerite est faite prisonnière sur les ordres d'Henri III et enfermée dans la forteresse d'Usson. Libérée quelques mois plus tard, ayant fait choix de la neutralité, elle demeure à Usson et fait de sa résidence auvergnate un foyer intellectuel où se pressent artistes, savants et lettrés. En commerce épistolaire assidu avec quelques amies fidèles, parmi lesquelles les duchesses de Retz et de Nevers, elle écrit également des poèmes dont le plus grand nombre a été perdu.

1589. Mort de Catherine de Médicis, puis d'Henri III. Henri de Navarre entend lui succéder mais l'opposition à son accession au trône est grande et les prétendants catholiques sont nombreux.

1593. Après s'être converti au catholicisme, Henri IV est sacré roi à Reims. Il demande à sa femme de ne pas faire obstacle à l'annulation de son mariage à Rome. De longs pourparlers s'engagent dans lesquels Marguerite est surtout soucieuse d'assurer sa situation financière.

1594. Toujours à Usson, Marguerite commence la rédaction de ses *Mémoires* : « Je tracerai mes Mémoires, à qui je ne donnerai plus glorieux nom, bien qu'ils méritassent celui d'Histoire, pour la vérité qui y est contenue nûment et sans ornement aucun. »

1598. Proclamation de l'Édit de Nantes qui assure aux huguenots la liberté de culte et met fin à plus de trente ans de guerre civile.

1599. Le mariage de Marguerite de Valois et d'Henri de Navarre est annulé. Son mari lui ayant permis de conserver le titre de reine, elle est appelée « la reine Marguerite ». Les lettres qu'elle lui adresse sont désormais précédées de l'adresse « au Roy, mon seigneur et frère ».

1600. Henri IV épouse Marie de Médicis.

1605. Marguerite regagne Paris où elle s'installe. Elle fait la connaissance du jeune dauphin Louis pour lequel elle manifeste une grande affection et auquel elle léguera tous ses biens.

1607. Marguerite s'installe dans l'hôtel des Augustins, rue de Seine, qu'elle a fait construire. Sa réputation de protectrice des arts lui vaut une cour nombreuse où le roi et sa femme ne craignent pas de figurer quelquefois. Élie Pitard et Vincent de Paul sont ses

aumôniers. Marie de Gournay gère son impression-
nante bibliothèque personnelle.

1610. Assassinat d'Henri IV et régence de Marie de
Médicis qui continue de se montrer bienveillante à
l'égard de « la reine Marguerite ».

1614. Le *Discours docte et subtil dicté promptement par la Reyne*
Marguerite et envoyé à l'autheur des Secretz Moraux, dans
lequel elle répond aux accusations portées contre
les femmes par le jésuite Loryot, est publié à la fin
de l'année. « Ces raisons, écrites par une femme,
ne peuvent avoir beaucoup de force, note-t-elle
ironiquement pour conclure. Mais si elles étaient si
heureuses d'être adoptées de vous […], je crois que
notre sexe en recevrait un immortel honneur. »

1615. Mort à Paris.

1628. Première édition des *Mémoires de la reine Marguerite*
à Paris, chez Chapellain, par Augier de Mauléon.
Trois éditions suivent la même année. Le texte sera
ensuite régulièrement réédité jusqu'à aujourd'hui.

Repères bibliographiques

Œuvres de Marguerite de Valois

Correspondance, éd. Éliane Viennot, Paris, Honoré Champion, 1998.

Mémoires et autres écrits, éd. Yves Cazaux, Paris, Mercure de France, 1971 [comprend *La ruelle mal assortie* (l'attribution est erronée), *Mémoire justificatif pour Henri de Bourbon* et quelques lettres ; le texte des *Mémoires* reproduit l'édition originale de 1628].

Mémoires et autres écrits, éd. Éliane Viennot, Paris, Honoré Champion, 1999 [comprend une nouvelle édition, modernisée, des *Mémoires* revue sur manuscrit, le *Mémoire justificatif pour Henri de Bourbon*, le *Discours docte et subtil* et des poèmes].

Mémoires et discours, éd. Éliane Viennot, Publications de l'Université de Saint-Étienne, 2004 [comprend les *Mémoires*, ainsi que la *Déclaration du roi de Navarre* (titre original du *Mémoire justificatif*) et le *Discours sur l'excellence des femmes* (le titre *Discours docte et subtil* a été donné par Loryot)].

Ouvrages critiques

Marguerite de Valois et son temps ont fait l'objet d'un très grand nombre de publications ; n'ont été retenus ici que quelques ouvrages utiles.

BERRIOT-SALVADORE, Évelyne, *Les Femmes dans la société française de la Renaissance*, Genève, Droz, 1990.

JOUANNA, Arlette, *La Saint-Barthélemy : les mystères d'un crime d'État : 24 août 1572*, Paris, Gallimard, 2007.

MOISAN, Michel, *L'Exil auvergnat de Marguerite de Valois : la reine Margot, Carlat-Usson, 1585-1605*, Nonette, Créer, 1999.

VIENNOT, Éliane, *Marguerite de Valois. Histoire d'une femme, histoire d'un mythe*, Paris, Payot, 1993 et 1995 [comporte des renseignements précieux sur la constitution du mythe de la séductrice dépravée et de l'intrigante] ; Perrin, « Tempus », 2005 [la postface recense les dernières publications sur le sujet].

Divers

DUMAS, Alexandre, *La Reine Margot*, éd. Janine Garisson, Paris, Gallimard, « Folio classiques », 2009 (Folio n° 4952).

La Reine Margot, film de Jean Dréville (1954) avec Jeanne Moreau.

La Reine Margot, film de Patrice Chéreau (1994) avec Isabelle Adjani.

Composition Nord Compo
Impression Novoprint
à Barcelone, le 7 avril 2010
Dépôt légal : avril 2010

ISBN 978-2-07-043662-0./Imprimé en Espagne.